艾米丽和魔幻之境

The Land of Neverendings

[英] 凯特·桑德斯 著　刘舒畅 译

天地出版社
TIANDI PRESS

图书在版编目（CIP）数据

艾米丽和魔幻之境 /（英）凯特·桑德斯著；刘舒畅译. —
成都：天地出版社，2020.5
ISBN 978-7-5455-5515-8

Ⅰ.①艾… Ⅱ.①凯… ②刘… Ⅲ.①儿童小说—长篇小说—
英国—现代 Ⅳ.①I561.84

中国版本图书馆CIP数据核字（2020）第027096号

THE LAND OF NEVERENDINGS By KATE SAUNDERS
First published in 2017 by Faber & Faber Limited
ⓒ Kate Saunders, 2017
Published by arrangement with Big Apple Agency, Inc.
Simplified Chinese translation copyright 2020 by Beijing Huaxia Winshare Books Co., Ltd.
All rights reserved

著作权登记号　图字：21-2019-540

AIMILI HE MOHUAN ZHI JING

艾米丽和魔幻之境

出 品 人　杨　政
作　　者　［英］凯特·桑德斯
译　　者　刘舒畅
责任编辑　袁静梅
封面设计　绘时光文化
内文排版　最近文化
责任印制　王学锋

出版发行　天地出版社
　　　　　（成都市槐树街2号　邮政编码：610014）
　　　　　（北京市方庄芳群园3区3号　邮政编码：100078）
网　　址　http://www.tiandiph.com
电子邮箱　tianditg@163.com
经　　销　新华文轩出版传媒股份有限公司

印　　刷　北京市十月印刷有限公司
版　　次　2020年5月第1版
印　　次　2020年5月第1次印刷
开　　本　880mm×1230mm　1/32
印　　张　8.25
字　　数　178千字
定　　价　39.00元
书　　号　ISBN 978-7-5455-5515-8

咨询电话：（028）87734639（总编室）
购书热线：（010）67693207（营销中心）

本版图书凡印刷、装订错误，可及时向我社营销中心调换

谨以此书献给一个男孩、
一只熊熊和一只企鹅。

目录 CONTENTS

1

布鲁伊之书

霍莉死后，布鲁伊突然就陷入了沉默，而斯莫克如的所有灯光也都随之熄灭了。

霍莉的卧室仿佛成了一个空洞，每当夜幕降临，艾米丽都不敢靠近。

人们拆走了专为霍莉轮椅设计的电梯，浴室上方的巨大升降机，以及所有她不再需要的东西。

艾米丽从小习惯了说"我姐姐有残疾"，如今她不得不试着改口说"我姐姐死了"。

大概是三个月前的样子，暑假刚开始的时候，霍莉的病在半夜发作了，这一次，她的心脏停止了跳动。而这正是爸爸告诉艾米丽的原话——"她的心脏停止了跳动。"于是趁没人注意的时候，艾米丽赶快把手放到自己的胸口，来感受那令人心安的怦怦声。她的心脏是如何知道要继续跳动的呢？一想到它是那么脆弱，她就害怕极了。人们并没有意识到他们离死亡有多近。所以当她无意中听说她父母的心"碎"了的时候，她担心这会让他们的心脏更容易停止跳动。

医院里的咨询师试图让艾米丽谈谈她的感受。她坚持不懈地询问着艾米丽在那个早晨的感受，那个恐怖的早晨，当她醒来发现霍莉的房间是空的，而她的父母像一对苍白的僵尸般坐在餐桌旁。每个人都不厌其烦地让你"说说看"，仿佛这样就能解决所有问题。

"但我不知道如何表达我思念布鲁伊的情绪，"她在自己的秘密记事本中写道，"我甚至都不能提及她的名字，因为这会让他们哭泣。"

布鲁伊是霍莉最爱的玩具——一只亮蓝色的泰迪熊。在她十五年的生命里，他总是陪伴左右。她的轮椅和床头的金属架上都有他的专属位置。很久以前，艾米丽还是个小女孩的时候，就开始为布鲁伊配音了。她开始讲述关于他的故事，那些鲜为人知的只属于他和霍莉的那些无厘头的历险，在一个名叫斯莫克如的神奇之地。艾米丽不知道这个名字是从哪儿来的，也不知道它是如何蹦到她脑子里的，总之它总能让霍莉微笑，直到整个脸庞都亮起来——尽管她不会说话也几近失明，但她的理解能力往往超乎人们的想象。爸爸妈妈也开始为布鲁伊配音，并且总爱重复他那些经典的搞笑语句，以至于他渐渐变成了家庭中的一员。

而就在妈妈让殡仪馆的人把布鲁伊放进霍莉的棺材之前，这一切都显得不那么真实。

艾米丽也不知道为什么这么做会令她如此痛彻心扉。布鲁伊理所当然应该和他的主人在一起——那是玩具的宿命。她也不想让父母觉得比起姐姐，她更在乎一只毛毛熊。更何况，大多数人都会觉得毛绒玩具对于一个初一的孩子来说似乎也太幼稚了些。但布鲁伊绝不仅仅只是个玩具而已。艾米丽需要尽可能多地记住他，因为每一个关于布鲁伊的点滴记忆中都饱含着霍莉的印记。

这就是为什么艾米丽要开启这本秘密之书——拯救布鲁伊。她发明了一套任何人（包括她最要好的朋友梅姿，好事女王本尊）都没法读懂的神秘代码。几个月前她收到了一个生日礼物，一本小巧厚实的亮粉色记事本。艾米丽无论到哪儿都要带着它，无论何时，只要一想起任何有关布鲁伊和斯莫克如的记忆，她都会将它小心翼翼地用蚂蚁足迹般细小的笔迹记录在记事本里。

妈妈到新工作岗位报到的第一天，艾米丽写道：太妃糖茶壶。

因为课间休息时，她忽然想起了这个发生在斯莫克如的故事——布鲁伊邀请霍莉去喝茶，而他的新茶壶却融化了，因为那是太妃糖做成的。

霍莉特别喜欢"t"打头的单词发出的声音，她会微笑并且"呼呼"地吹气来表达她喜悦的心情。

哦，霍莉和布鲁伊，我真的好想你们啊。

"这不公平，"梅姿说，"真不知道我为什么放学后非得在这破诊室里闲逛，简直无聊透顶——你又不让我用手机，也没有什么可以说话的人。"

从记事起，梅姿·米勒就一直是艾米丽最要好的朋友。她们两家的花园紧挨着彼此，所以她们总能在两幢房子之间自由地奔跑，不需要穿过任何街道。梅姿个子高挑，自信满满，大大的嘴巴总能说出响亮的话语，黑发长到让她可以坐在上面，她立志长大后要在某方面成名成家。艾米丽则比她矮一些，安静一些，她有稀疏的金发、白皙的皮肤和一双让人尴尬的大脚。

"就别再抱怨了，"梅姿的妈妈说，"我最后再说一遍，我是绝不会把你一个人留在家里的。"梅姿的妈妈琼是当地一家非常繁忙的康复中心的医生，今天正好轮到她开车到新学校接梅姿和艾米丽回家，"你总能做做作业吧。"

"不，我可做不到——我现在迫切需要放松。如果我考试不及格的话可不要怪我哟！你就应该让我去夏茉家。"

夏茉·沃森是他们这个新的班级里最具魅力的人，梅姿简直对她着了迷。她渴望成为夏茉最好的朋友，像条哈巴狗一样围着她转。

"那艾米丽怎么办？根据接送排班表，我要去接她——然后我还得再次穿过镇子去接你——我又不是你的私人司机。"

"哦。"梅姿回头瞥了一眼坐在后座上的艾米丽。

事实上，自从霍莉走后，梅姿就变得很奇怪——遥远而陌生，连听力似乎也都退化了。当她俩单独在一起的时候，她几乎就不怎么说话了，而当艾米丽跟她说话的时候，她甚至会被吓一跳，好像她这才发现有人在那里。这很伤人，尤其是在学校里的时候，因为就她俩来自同一所小学，别的人她们都不认识。而这种类似于隐形人的感觉有时会让艾米丽觉得无比孤独。

"换艾米丽来说两句吧，"琼一边说着一边冲后视镜里的她笑了笑，"今天是你第一次来露丝家，对吗？听着，我肯定你会没事的。"

"哦，是的，"艾米丽说，"没事。"事实可不是这样，但又有谁愿意听真话呢，这就是为什么她会如此讨厌这些突如其来的变故。它们接踵而至，仿佛霍莉的死把整个世界的插头给拔了出来，并把它扔进了下水道里。

首先让艾米丽感到焦虑的是她中学生涯的开启，这使她不得不去见一群不认识霍莉的陌生人，并追问她有没有兄弟姐妹。

似乎嫌这还不够糟糕，妈妈竟然在当地一家慈善机构找了份兼职工作。每周五和周六，她都得工作到六点钟。而爸爸每天要七点后才回来，因此她安排艾米丽到隔壁她朋友露丝开的古董店里待着。

"你妈妈很需要那份工作，"爸爸坚定地对艾米丽说，"她必须得离开这所房子，这里的一切都会让她想起——"他似乎不大愿意念霍莉的名字了，话到嘴边又咽了回去，"不管怎么说，你喜欢露丝。你知道她肯定不会说那些关于——（吞口水）的傻话。人们之所以会说傻话，那是因为他们不知道那是一种什么样的感觉，也不忍心去想象。但她知道——她失去了她的儿子。"

露丝的儿子在十几岁的时候就去世了。

年轻人本不应该死的。因此当你家里有年轻人死去的时候，就如同加入了一个怪异的俱乐部，而地球上没有任何人想成为其中的一员。

艾米丽也无法解释她为什么会如此讨厌这样的新安排。这与露丝无关。她只是很想回家——沿着小路跑回去，看到妈妈和霍莉在厨房里，等待来自斯莫克如的最新消息——没有霍莉在，她的家就什么都不好了。

琼把车停在那个叫做"巴克斯通·往事随风"的店门外。艾米丽走了下来，尽量不去看旁边他们家那座空落落的房子。

"待会儿见。"梅姿说，"不做完作业她是不会让我发短信的。"

巴克斯通曾经是一个村庄，现在与波顿小镇的外围连成了一片。波顿小镇就两样东西最有名——一位作家和一个馅饼工厂。作家约翰·斯特普斯曾创作了一系列经典科幻小说，他去世之前，一直住在梅姿家隔壁的红砖房里，他那长长的花园的一部分已经成了野生动物聚居的草场。馅饼厂是诺顿的，在环城路旁一块巨大的空地上，艾米丽的爸爸就在那儿的会计室工作。艾米丽和她的父母就住在老巴克斯通村，一小排商店旁的灰砖房里。这些商店全都位于一栋破旧的半木结构建筑的底层，屋顶被松垂的茅草覆盖着。

艾米丽站在人行道上，一个劲儿地眨着眼睛，试图将奔涌的泪水挡回去。秋天的天气灰蒙蒙的，湿漉漉的，还刮着冷风。如果霍莉在的话，布鲁伊一定会说起他发明的速成雨靴（你只要往腿上撒一袋神奇的粉末，它就立刻会变成一双配色精美的雨靴）。她几乎都快忘了，等她一有空就赶紧把它记到书里。

雨靴粉末。

有时候往往只要简单的几个字就能让一段记忆定格。

艾米丽感觉好些了，她拿起背包走进了商店。这是一个非常舒适的地方。两盏透着霉斑的灯幽幽地发着光。房间里有一个燃着木柴的火炉，还有一把撒满凋零玫瑰的凹陷的扶手椅。露丝经营一些小家具、瓷器、暗淡的银壶和斑驳的维多利亚画作。在她收银台后的架子上，挤坐在两个大时钟之间的是一只非常古老的泰迪熊，那是属于露丝母亲的。他几乎快要散架了，但还是很多人想要买他，露丝只得在他脖子上挂了一个"非卖品"的牌子。在他头顶上方的墙上挂着一张小照片，一个十岁或十一岁的英俊、爱笑的男孩——露丝死去的儿子丹尼尔。

"嗨，艾米丽，"露丝说，"到点了吗？别担心，我可没忘了你要来，厨房就跟烤面包一样温暖。"她正坐在收银台旁，整理着几盒顺带经营的贺卡，"你妈妈说我不用给你准备吃的，但我可不想错过这个买巧克力饼干的好机会。"

露丝又矮又胖，一头蓬松的灰发，戴着一副又大又圆的厚边框眼镜。艾米丽家有一只微笑猫头鹰形的瓷饼干桶，这总会让她想起露丝来。今天的她尤其像猫头鹰，套在一件大而不成形的棕色开襟羊毛衫里。看到她在商店里一堆摇摇欲坠的货品之间躲闪自如，真是令人惊叹。

"再次看到这样的外套可真有趣——想当年我也在海蒂·凯蒂读书。"

艾米丽的新学校叫做海丽特·凯特莫尔女子学校,波顿的人都称它为"海蒂·凯蒂"。那儿的校服由深紫色的外套、白衬衫、灰裙子和绿紫相间的领带组成,而艾米丽总觉得这种搭配似乎有些生硬而怪异。

"我是不会问你喜不喜欢那儿的,"露丝扭头说,步履蹒跚地踱到商店后面的厨房里,"我恨极了在那儿的第一个学期——简直深恶痛绝。我又矮又胖,他们叫我'太空虾蜢'。"

"哇——可怜的你!"艾米丽不由得咯咯笑起来,因为那实在是有些搞笑又让人无语,"那你怎么办呢?"

"哦,那样的境遇没有持续多久。你可能不相信吧,我最后居然还喜欢上了那个地方。"

"我其实并不讨厌它,"艾米丽说,"但我也不喜欢它。不过至少我能习惯它吧。"她以前的学校是一所坐落于拐角处的村庄小学,而海蒂·凯蒂则坐落于几英里之外,巨大无比。那儿有成群结队的大女孩儿,叮当作响的课间铃声,以及严厉的、希望你不需要任何人教导就能够奇迹般掌握知识的老师们。她真的无法想象自己如何才会喜欢上这个地方。

"好吧,那就先试试看吧,"露丝说,"谁知道呢。"

厨房又小又乱,主要靠一台老旧的雷伯恩炉灶使它变得温暖。艾米丽经常和妈妈——还有霍莉、她的轮椅和呼吸机一起挤在这里——她忽然感到出奇地放松和自在。也许这并没有想象中那么糟,况且一周只用来两次。

桌子刚好够坐两个人,但现在桌面已经快被一只肥胖的虎斑猫给吞没了，它那条纹状的肚子正悬在一盒巧克力手指饼干上。

"嗨，波奇。"艾米丽说。

露丝用力把波奇推到地板上："你可以在这儿做作业，饼干随意吃哟——我不能吃饼干，因为我又加入了'慧俪轻体'。"

"谢谢你。"

"好啦，我得在店里待到五点——你需要什么只管大声叫我就好。"露丝摇摇摆摆坐回到了她的钱柜和贺卡盒旁的椅子里。

现在就只剩下艾米丽和那只懒猫在这温暖的厨房里了，她给自己沏了一杯茶，打开了饼干。她做了会儿家庭作业（地理习题——还不赖）。随后，她便拿出她的布鲁伊之书写下了"雨靴粉末"。温暖舒适的空气使她不由得打了个呵欠。

然后还没等她反应过来自己已经睡着了的时候，她忽然间就开始做起梦来了。

梦里她正在给霍莉讲故事，而她自己也在故事里。一个低沉、模糊、沙哑的声音在唱着什么——布鲁伊的声音。这调调正是爸爸最喜欢用来编那些傻傻的歌曲的旋律，出自歌剧《卡门》里的《斗牛士之歌》。

布鲁伊唱道：

> 天啊我可爱的蓝胡子不见了！
> 我本来是戴着的，
> 可现在却不见了！

然后许多其他含糊其词的声音也加入到了他的声音里来——布鲁伊的唱诗班。他每年要付一个便士给霍莉其他的毛绒玩具来做他永久的随唱团。

　　哦，他可爱的蓝胡子上哪儿去了？
　　哦，它到底在哪儿啊？

　　艾米丽睁开眼睛，发现她的头枕在桌子上。她被隆隆的雷声惊醒了，外面下起了大雨。
　　她什么时候编过这样一个关于布鲁伊的蓝胡子的歌吗？

2

那扇错开的门

"露丝，我能问你件事儿吗？"

"嗯，当然可以啦。"

已经五点了。露丝关了店门和艾米丽一起坐到了厨房里。

"你的儿子死后，你做过关于他的梦吗？"

露丝并没有因为这个问题而显得尴尬和难堪。她沉思片刻后答道："我想梦见他。但我没有——至少有好几年都没有。但别人常说他们梦见他了，这让我羡慕极了。你梦见霍莉了吗？"

"没有，"艾米丽说，"我每天晚上睡觉前都盼望着能够梦到她，但早晨醒来却什么也想不起来了。"

"也许因为这事是最近才发生的缘故吧。"露丝早已把节食的事儿抛在了脑后，自顾自地嚼了三块巧克力饼干，"你的大脑仍处于惊吓状态。丹尼尔是在我停止苦苦追寻之后才回到我梦里的。"

"那么……那些梦好吗？"

"非常好，"露丝说，嘴里塞满了饼干，"他又变回到了那个快乐的小男孩，和他的老朋友们在魔幻之境里玩耍。"

"什么是魔幻之境？"

"哦，你知道吗，那是一片充满了故事和幻想的土地，在你不注意的时候，你的玩具们就会到那儿——变得滑稽、傻乎乎又和蔼可亲，像极了维尼熊。"一颗硕大的泪珠顺着露丝的脸颊滚落并溅到了桌上，"丹尼叫它魔幻之境。"

"对不起……"艾米丽慌忙说道。她本无意让露丝哭的，而成年人的泪水更让人觉得不安。

"不，你根本不必说对不起。"露丝扯下一块厨房纸巾，用力擤了擤鼻子，那汽车喇叭般的声响让睡梦中的波奇都跟着抖了几下，"听着，我跟你做个交易。如果我们对彼此的感受都小心翼翼，藏着掖着，就永远无法好好相处。你任由我为丹尼尔哭泣，而我也不会因你为霍莉哭泣而感到有什么大不了的。"

"每次一说起她来我就会哭，"艾米丽自言自语道，"因此人们以为我不想谈论她，于是他们就换了话题。但其实我真的很想谈论她。"

"这再正常不过了。你在这儿的时候，就可以随心所欲地谈论霍莉而不用担心我的感受，我不是你的父母。"露丝抓起最后一块巧克力饼干，"成交？"

"好吧。"艾米丽说。

这真是个好主意。和露丝谈话与和咨询师谈话的感觉完全不同，咨询师并不认识霍莉，只当她是个残疾人。而艾米丽对露丝所说的魔幻之境很感兴趣，听起来好像斯莫克如啊。是不是每个人都会编一些有关他们玩具神秘生活的故事呢？

"我好想念她那灿烂的笑容啊，"露丝兴奋地说，"也很怀念抱起波奇来让她抚摸的情景。"

"霍莉很喜欢波奇，"艾米丽说，"她喜欢在大热天里和我们一起坐在院子里，有一次波奇跳进了我们的花园里——爸爸说它太胖了，连花坛都被砸出了一个洞。"说着她的胸口鼓了起来，自己也不知道憋在里面的是笑还是泪。

露丝又擤了擤鼻子："上帝，还记得他放的那个可怕的猫屁吗？我以为我们快被毒气熏死了呢！"

正说着，那只肥猫就在睡梦中打了个嗝，露丝和艾米丽忍不住放声大笑起来。她们笑个不停，把波奇都吵醒了，它不满地跺着脚走开了，这下她们笑得更厉害了。

艾米丽的思绪回到了波奇放那个无敌猫屁的日子。她为此给霍莉编了一个故事，那可是最棒的故事之一呢，她怎么可能忘了呢？波奇到斯莫克如安装一个放屁预警系统，那是一个灵巧的装置，在它放屁之前，周围的人有五分钟的时间来逃离现场。

趁露丝还咯咯笑着为她们沏新茶的时候，艾米丽迅速抓过粉色笔记本来写道：放屁警报。

霍莉超爱这个故事，爸爸也是如此，还总爱搞些放屁喜剧。霍莉还在的时候，每当晚饭吃了豆类食品，爸爸总会发出警报声，并大叫道："快速隐蔽，姑娘们——这是五分钟的放屁预警！"

如今他已经很久没有这么做了。

巨大的雷声过后，又是一道闪电。

"可怕的天气！"露丝端着两杯茶回到桌子旁。艾米丽的那个杯子上印着霍莉的照片——这是她送给露丝的最后一份圣诞节礼物。"我希望你吃到了些饼干——好像都被我吃完了。"

"吃到了，谢谢你。"

于是她们就这样默默地坐了一会儿。

露丝说："也许我不应该告诉你——我也从未告诉过任何人。我的儿子死后，我做过一个梦。但那不是一个好梦，也不是关于丹尼尔的。"

"你是说，那是个噩梦？"艾米丽的心略微紧张地颤抖了一下。

"嗯，是的，或者说是一种可怕的悲伤气氛——它来自丹尼尔的卧室。就这样，真的。"她声音和蔼，若有所思地看着艾米丽说，"醒来后，我壮着胆子走进了那个房间，但悲伤已经消失了。房间里空无一人，只有一种强烈的虚无感，那是整座房子虚无的中心。仅此而已。"

艾米丽深知这种虚无的感觉，这就是她害怕走近霍莉卧室的原因。"那么……噩梦还有再来吗？"

"哦，没，再没来过。"

"霍莉去世后我做了个噩梦。"艾米丽从没把这件事告诉过任何人，她的声音不住地颤抖着，"我梦见她在叫我。当我走进她的房间时……嗯，听起来很傻，但我无法解释那到底有多可怕——一只黑色的大蟾蜍正坐在床中央。一只邪恶的蟾蜍。"

"可怜的家伙，"露丝轻声说，"这听起来一点也不傻。"

"我没有告诉爸爸和妈妈。"

"放心吧，我也不会。"

"谢谢你。"

"让我的节食计划见鬼去吧——我们再来一包饼干。"露丝站了起来，"我忽然想起我还有一些奶油蛋羹。"

她们吃着饼干，喝着茶，在梳妆台一端的那个老旧小电视上看起了《爱上你的花园》。

告诉露丝关于黑蟾蜍的事竟然出奇地容易。也许在有人去世之后，做噩梦是正常的事，并没有什么不好的含义。

暴风雨来得最猛烈的时候是在深夜。就快结束的时候，艾米丽突然惊醒了，巨响和撞击声已经朝下一个城镇驶去，仿佛一场喧闹的马戏团游行。她从床上坐了起来，打开了台灯。手机显示是凌晨差一刻三点。外面除了倾盆大雨、青蛙的合唱以及排水沟的流水声，什么也听不到。

她正准备关灯接着睡，就听到隔壁霍莉卧室里传来的声响。

恍惚间，在反应过来之前，她以为是霍莉病了——过去经常会有很多紧急情况在半夜发生，她通常会被各种说话声和脚步声惊醒，伴随着窗外闪烁的救护车灯，以及妈妈一遍遍地说着"没事的没事的"，但第二天早晨霍莉总是不在屋里。

然而霍莉已经走了。

这些声音听起来很不一样——轻柔的撞击声和沙沙声，这让艾米丽想起了有一次松鼠爬上父母卧室天花板的情景。

会是小老鼠吗？不，应该是更大一些的东西。艾米丽打了个寒战。也许是一只大老鼠，或是一只狐狸。她现在完全清醒过来了，内心紧张但又因好奇而悸动着。

我就快速地看一眼，她决定，如果我没法把那东西赶出去，我就叫醒爸爸。

当她走到楼梯平台上时，声响更大了。霍莉卧室的门半开着，她鼓足勇气朝里面望去。

好吧，所以这肯定是一场梦。

她感觉十分清醒——但这必须得是一场梦。她所看到的不可能是真的。

柔和的光芒在霍莉空荡荡的床中央闪烁着，它来自一顶小帐篷——红白相间的条纹，不及膝盖高，有影子在里面晃动。

接下来所看到的那神奇的一幕将是她这一生都不会忘记的。

帐篷的门开了，两个破旧的毛绒玩具从里面晃悠着出来——一只又矮又圆的企鹅和一只长着浅棕色皮毛的熊熊。企鹅握着一份报纸，熊熊提着一个野餐篮子。两个玩具用橡皮筋把假胡子绑在他们毛茸茸的小脑袋上。

艾米丽出神地看着熊熊打开野餐篮子，拿出一块格子地毯铺到了霍莉的床上。

然后企鹅说话了。是真正地说话。

"怎么回事？这不是尖尖头！"

熊熊说道："看起来像是一个人类的卧室。我们肯定是走错门了。"

"但斯莫克如没有别的门可以走了呀！而且我们也不再拥有人类的卧室了。我们被放到阁楼上的一只箱子里了。"

他们来自斯莫克如，那是艾米丽为她那些布鲁伊故事而创造的地方。但这些玩具又是怎么知道斯莫克如的呢？那地方只存在于她的想象中，而她也从来没见过他们。她的心在剧烈地跳动着，企鹅说话时那一张一翕的黄色小软嘴看起来真是让人觉得不可思议。她小时候时常幻想着她的玩具能够活起来，但真正看到时又感觉如此诡异。

她朝床边挪了挪，玩具们显然并没有注意到她。

"好吧，不管怎么说，这是一间漂亮的卧室。"熊熊说，"我们就在这儿野炊吧。"

"好主意，斯米菲，"企鹅说，"我敢肯定，人类的女孩——人——之类的是不会介意的。"

艾米丽说："我完全不介意。"

两个玩具气喘吁吁地抬头看着她——他们用布缝合的脸上露出的惊讶之情，看上去很怪异，也很滑稽，艾米丽不禁微微笑了起来。

"雨果！"熊熊悄声说道，"她能看到我们！"

"是的，我能看到你们——还能听到你们。你们是谁呢？"艾米丽朝床上弯下腰来问，"你们来自何方？"

玩具们很快从惊讶中缓了过来，他们软绵绵的脸折叠出了友好的笑容，看上去更滑稽了。

"哈啰，"企鹅说，"我叫雨果，这位是我的好朋友斯米菲。"

"我叫艾米丽。"

她握了握斯米菲的爪子和雨果的脚蹼，感觉就像在和两个会移动的抱枕握手。

"这是你的卧室吗？"斯米菲问。

"不，这是我姐姐霍莉的。她死了。"和一只微笑的抱枕说这个似乎异常轻松。

"哦，我知道了，"雨果说，聪慧地点了点头，"这就是为什么她不在这儿。"

"是可以解释这个，"斯米菲说，"但并不能解释为什么我们会从斯莫克如来到这儿啊。"

艾米丽问道："斯莫克如是什么啊？"

"哦，这是最棒的部分，"雨果说，"这是为那些一直住在斯莫克如的玩具们准备的，因为他们的主人已经离开物质世界了。"

"物质世界——就是指真实世界吗？"

"是的，我们曾生活在这个世界，"斯米菲说，"我们在我们主人的床头有一个漂亮而宽大的架子。但如今他来到斯莫克如和我们玩了。这样反而更方便了呢。"

"我明白了。"艾米丽开始觉得如梦似幻般飘飘然了，好像她正听着一个不可思议的故事，"你们愿意告诉我你们为什么要戴这些假胡子吗？"

两个玩具看起来都很惊讶。

斯米菲说："这可是尖尖头现在最潮的装扮——每人都有一个假胡子。"

"尖尖头又是什么？"

"那是我们在斯莫克如的村庄，"雨果说，"我们为自己在那儿用锡纸和鸡蛋盒建了一座可爱的房子。"

"那如果下雨了怎么办——还是说或许那儿压根不会下雨？"

"我们那儿偶尔还是会下雨的，"斯米菲说，"不过我们总能及时收到预警，所以有足够的时间用塑料袋把房子盖住，然后用砖头压住，防止它被风吹走。"

"有些人嫌麻烦，就干脆给自己盖一幢新房子。"接着企鹅又神气活现地嚷嚷道，"然而，斯米菲和我都为西卡莫之家而感到无比自豪——我把我们的居所称为'西卡莫之家'，因为它听起来既高雅又时尚，我们决定把它改造成一座公寓，专供那些在物质世界没有主人的玩具们居住。"他拿出报纸说，"你可以看看我们的广告。"

艾米丽现在一点也不害怕了，与这些稀奇古怪的玩具们说话让她感到既舒服又亲切，仿佛不知不觉中溜进了自己的故事里。她拿起那张报纸，它很小，大约只有一个薯片的包装袋那么大，上面印着各种大小不一的字母。报纸顶部写着几个大字：玩偶公报。稍小的字母写着：有趣的小真相。

首页的大标题写着：门铃怪再次罢工！

艾米丽还没来得及读这个故事，雨果就伸出一只脚蹼把报纸翻到了最后一页，那上面全是广告：

为独立玩具所建的精品公寓！

私家果冻泳池！

舞会和派对！

电视随意看！

就在西卡莫之家

艾米丽见那两个奇怪的玩具看起来自豪极了，也温和地说："那真是棒极了！"

"谢谢你，"雨果说，"'精品'那两个字是我加的，我们可不欢迎老流氓。"

艾米丽根本没注意他在说些什么，因为她紧盯着下面一则广告，心脏怦怦地跳动着。

遗失！一条考究的蓝胡子！

拾到敬请归还布鲁伊——

斯蒂格小屋8号，尖尖头

这么说她在梦中听到的的确是布鲁伊的声音。

但当霍莉被火化时，布鲁伊也一起在她的棺材里被烧了。唯一留下的只有妈妈放在她房间里的一坛灰。

"别哭啦！"斯米菲用它柔软的棕色爪子轻轻地拍着艾米丽的手说，"你为什么要哭啊？"

"对不起……我只不过……因为布鲁伊走了。"

"可是布鲁伊并没有去哪儿啊，"雨果说，"我今早还见到他了呢。"

"什么？"

"他在果冻泳池对岸向我招手了。"

"你的意思是说……布鲁伊在斯莫克如？"

"哦，是的，"斯米菲说，"我们经常碰到他。但大多数时候他都在忙着陪他的主人玩儿。"

"霍莉！哦，天啊——你们见到霍莉了吗？"

整个世界仿佛跌了个个儿。艾米丽又回到了她的床上，她不知道自己是怎么回去的，只是一个劲儿地哭着想寻求她姐姐的踪迹。

3

唱诗班的排练

"消防车来了我才醒，"梅姿说，"但我看见斯特普斯家花园里的那棵树在燃烧。火焰超级高，人们费了好大劲才把它扑灭。可把隔壁那家伙吓坏了，他担心火焰蹿到他们家——火花四散飞舞。"

他们坐在教室里，第一节课还没开始，梅姿正眉飞色舞地向夏茉·沃森和她那些酷酷的朋友们描述昨晚暴风雨中那戏剧性的一幕。艾米丽错过了那棵老橡树燃烧的惊人景象。今早拉开卧室的窗帘时，她只看到老橡树那发黑的枝条从烂泥海中伸出来的骇人场面。

"这棵树现在看起来怪极了。"梅姿接着说道，"都烧焦了还弯着。"

"太可怕了，"夏茉说着，把她长长的金发向后甩了甩（梅姿已经开始模仿她甩头发的动作了）。"我从没见过被闪电击中的东西。"

艾米丽又被无视了，但这意味着她有更多的时间来记录。她把昨晚的疯狂经历的所有细节都写在了布鲁伊之书里，花了很长时间——一行行细小的笔画把她的手写得生疼。

那只熊和企鹅见到了布鲁伊。

布鲁伊仍然活在斯莫克如。

他住在尖尖头，和他一直深爱的主人一起玩耍着。

梅姿整天都不搭理她。夏茉回家时和她们坐同一辆车，她要去梅姿家喝茶。艾米丽不去，她没被邀请。坐在那儿，她尴尬地感觉自己像是一个被嫌弃的大灯泡。梅姿不停地炫耀着，还时不时地甩甩头发。

走进那间布满灰尘、温暖而安静的古玩店真是一种解脱。

"嗨，艾米丽！"露丝突然从扶手椅后面跳了出来，"我正在撒一些老鼠药——我很确定昨晚听到了阁楼上有老鼠叫，可别想指望波奇能做点什么。"她又穿上了那件使她更像猫头鹰的棕色开襟羊毛衫。她似乎根本没注意到一只袖子上沾满了灰尘。"我拿着电筒上去可什么也没看到——不过这些小可恶可是很擅长躲藏的。"

这么说露丝昨晚也听到了一些奇怪的声音咯，这个有趣的发现足以让艾米丽的注意力从梅姿和夏茉·沃森的身上移开。

"你是被暴风雨惊醒的吗？"

"别告诉我你那样都能睡得着——我从没听到过这么吵的声音！"露丝把"请按铃"的牌子放到橱窗里，轻快地关上了店门，"这么阴沉的下午谁也不会买古董的——咱们到厨房去吧。"

天色又黑风又大，冰冷的雨点像碎石头一样敲打在窗户上。露丝的厨房凌乱却温馨，桌子中间有一个很大的糖浆馅饼。艾米丽坐了下来，这是她一天中头一次感到如此放松。波奇慢吞吞地走过去躺在她的脚上。

露丝沏着茶，礼貌地询问着她妈妈的新工作的情况。然而，等她利落地切好两块糖浆馅饼分给彼此之后，就马上又回到了暴风雨的话题上。

"我想我一定是做了什么梦——我醒来是因为我必须记下一些东西——一些足以影响整个世界的东西。就在那时，我听到阁楼里有声音，一秒钟后，我们就置身于一场猛烈的雷暴之中了。我下楼去倒茶喝，却意外地看到斯特普斯家的树被闪电击中了！"

"今早我看到它时简直惊呆了，"艾米丽说，甜得发腻的糖浆馅饼使她不由得皱了皱眉，"我想他们现在得把它砍了。"

"这可能会是个问题，因为这是一棵小有名气的树，斯特普斯迷们一定会为此而惊慌吵闹的。有一张老照片记录了小时候的斯特普斯和他的弟弟妹妹坐在那棵树下的情景，地方报纸正在专题报道这件事呢。"露丝拂去了裙子上的馅饼屑，又给自己切了一大块馅饼，"你喜欢他的小说吗？"

"喜欢，我爸爸也很喜欢。我还喜欢那些电影。"

露丝咯咯地笑了："我儿子说斯特普斯的书很无聊，不过都是些精灵们在说话罢了，当我试图读一本给他听时，他竟然把书扔出了窗外。"

艾米丽想听到更多关于露丝的梦的讯息："那你想记下些什么呢？"

"哦，上帝啊，太搞笑了！"露丝都快笑喷了，"我后来回到床上时才看到我写下的那条重要信息，而它只有两个字——商标。"

"商标——有什么特别的含义吗？"

"这是我小时候给丹尼尔讲的故事。"商标"对于他的玩具来说简直是一种侮辱，相当于"劣质"的代名词。你知道有些毛绒玩具上会缝着商标，写着洗涤说明之类的吗？"

"是的！布鲁伊的商标上写着'用湿布擦拭'。"

"我都忘光了，"露丝说，"真不知道是什么把它从我的记忆中抹去的。"

"或许是因为我们昨天在谈论梦吧。"艾米丽说。

"是的——或者可能与风暴有关，也可能与大气中的电流有关。"

艾米丽想知道是不是电流使她昨晚产生了那疯狂的幻象。她始终无法摆脱一种感觉，她觉得暴风雨中一定发生了一些别的事情，一些更重大的事情。

*

　　那天晚上她的梦里萦绕着歌声——一首欢快的，不成调调的合唱曲、嗓音甜美、柔和而沙哑，听起来像极了那首圣诞颂歌《我看见三艘船》，只是歌词不一样而已。

　　　　我看到一只鸡蛋盒漂过来

　　　　还有我的朋友　在尖尖头

　　　　里面装满了蛋糕和水果派

　　　　在尖尖头　在那个早晨!

　　艾米丽缓缓醒来，感觉脚面的羽绒被上有什么软软的东西在挪动。才半睁开眼睛，她的心就因喜悦而颤动了一下。那些奇怪的玩具又回来了，正如她所期望的那样。那顶有趣的红白相间的帐篷，在她床边的地毯上，闪烁着柔和而神秘的光芒。

　　这回有更多的玩具加入了进来。艾米丽数了数，有七个小小的身影。雨果，那只爱指手画脚的企鹅，正指挥着一支合唱团。熊熊斯米菲和另外三只毛毛熊也在这儿。而最不可思议的是这一幕——两个芭比娃娃，穿着老式修女的长袍，戴着面纱。这个世界上真有修女芭比娃娃吗？

　　"好的，还不错，"雨果说，"一点都不赖——尤其是我们大家都在唱这首歌的时候。但如果我们真想赢得'九月歌唱奖'

的话，还需要加倍努力。"

一个修女芭比轻蔑地哼哼道："我当会有更多的人来呢！非卖品先生呢？你那个高傲的德国房客呢？"

"我告诉过你——诺迪（Notty，not for sale：非卖品先生的昵称）还在物质世界工作呢。"雨果说，"而我们的德国房客自打来了之后除了睡觉什么都没做过，这意味着他在他的秘密工作之余需要充足的休息。他们能来的话自然会来的。"

恍若梦境般，艾米丽半睁着眼睛，痴迷地看着他们。

"但愿如此。"修女冷冷地说道，"快来，太普姐姐，喝茶的号角随时都会响起的。"

她站起来从艾米丽的脚上走过，她坚硬的塑料脚挠得艾米丽不由得发出一声大笑。

"我的天呐！"修女尖叫着，"人类！拜托！谁能告诉我她在这儿做什么？"

这时艾米丽完全清醒了，她小心翼翼地起身坐在床上，以免打扰这些玩具，接着拧开了床头灯。灯光下的这群玩具看起来更加搞笑和古怪了。这次他们都没有戴假胡子。

"哈啰，艾米丽，"斯米菲说，"我们只是顺道进来参加唱诗班的排练。"

"那扇门出了点小状况，"雨果摇摇头说，"就是我们花园尽头墙上的那扇旧门，以往都是通向商店那边的。我们并不是有意要来人类的卧室里的。"

"这次是另一间卧室。"斯米菲说。

"我不喜欢人类。"修女芭比说。

"可你是玩具啊，"艾米丽说，"喜欢人类不应该是你的职责吗？"

"漂亮修女有一段惨痛的经历，"斯米菲说，"那也是她成为修女的原因。你看，修女的服装遮住了她的伤疤。"

"伤疤？"这样一个刺耳的词语竟然出自一个柔软的玩具，真的让人很震惊。

漂亮修女骄傲地挺直了身子说："你也许并不相信，但我曾是一个有着金色长发的美丽洋娃娃。不幸的是，我的主人是一个自私而粗心的女孩。在物质世界，我住在阁楼里一个发霉的纸箱底。"

"这么说——那就是你现在所在的位置？"艾米丽有些困惑了，"我的意思是说，如果我现在立刻找到那个纸箱的话，你会在里面吗？"

"是啊，当然啦！"她翻了翻眼睛，好像艾米丽问了个非常愚蠢的问题，"我说，这个人类怎么一点关于我们玩具的知识都不了解啊？我们总是能被召唤回物质世界里我们真实存在的地方。然而，在没人看到我们的时候，我们能到我们想去的任何地方。至少，"她皱了皱眉，"我们可以回到斯莫克如。我不知道我们怎么会来到这个全然陌生的人类卧室里。请不要太在意，但我那可怕的小主人让我对你们人类敬而远之！"

"可怜的人儿。"艾米丽礼貌地说，同时对她小时候的那个芭比娃娃感到一阵刺痛的悔恨，她甚至都不知道她现在在哪儿。

"更让我伤心的是，"漂亮修女接着说，"因为是她塑造了我。她和我一起玩，为我编故事。她的想象力成就了我。可后来她把我给忘了，当她那可怕的哥哥对我下手的时候，她甚至都不当回事儿！"

"他做了什么？"

漂亮修女轻声说道："我说不出口！"

"那真的很可怕！"另一个芭比修女开口说道——她是一个非常美丽的黑人芭比娃娃，有着一张可爱的洁净无瑕的脸。"他在她身上乱涂乱画！"

所有的玩具此刻看起来都是那么严肃，以至于艾米丽压抑着自己不敢笑出来。

"我决定成为一名修女，"漂亮修女说道，"因为面纱可以遮蔽我脸上那道可怕的伤疤。"

她揭开她的修女面纱，露出她额头上用蓝色圆珠笔写着的"屁股脸"三个字。

"哦，简直是太过分了！"艾米丽尽可能亲切地接着说道，"让我为你把它洗掉吧。"

"你真是太好了，亲爱的。但我的伤疤只有在物质世界才能被洗掉。"

"我可没有任何伤疤，"另一个修女开心地说，"我是一个穿着紫色礼服的限量版黑人芭比娃娃，在物质世界里，我仍然待在我的塑料包装盒里。有人收集了我，还为我想象出了我的生活，即使他并没有打开我的盒子。我决定做一名修女来陪伴漂亮。"

漂亮修女皱了皱眉，"这是太普（toop）修女，"她冷冷地告诉艾米丽，"'太漂亮'（too pretty）的简称。"

"漂亮有时会被嫉妒。"斯米菲说。

三只小熊挤在床尾窃窃私语，咯咯地笑着。当艾米丽定睛看时，她发现她们是三只非常漂亮的小女生熊熊，有着蜡笔般柔和的颜色——一只粉色，一只淡蓝色，一只黄色——她们戴着漂亮的红色帽子，蓝色的亮片上写着"S–R"。

"我们的唱诗班排练结束了吗？"那只黄色的熊熊问道，"因为我觉得有些无聊。"

"嘘，皮帕！"漂亮修女说，"别在这儿没事找事！"

"我可没有没事找事，"皮帕说，"我们还得回工厂呢。"

"呃——抱歉？"又是一个没有料到的词，艾米丽无论如何也记不起她那些斯莫克如的故事中哪一个与工厂有关。

雨果用他那柔软的黑色脚蹼拽了拽她的袖子。"她们都是希慕（seam：接缝）–莱特姑娘，"他一本正经地说道，好像他希望艾米丽会因此而印象深刻，"这意味着她们在希慕–莱特工厂工作。这可是希慕奶油的领先品牌。"

"但是玩具们没有工作，"艾米丽抗议道，"玩具是不用上班的！"

这让所有的玩具们都咯咯笑起来。

"我们当然不需要工作啦，"皮帕说，"我们去工厂是因为那儿太有趣啦！"

艾米丽就只知道诺顿工厂，她爸爸工作的地方。尽管他很喜欢自己的工作以及办公室里的其他人，但也谈不上"有趣"。最近他正为一些关于香肠卷的文书工作承受着很大的压力。

"我们会唱歌，我们会跳舞。"粉色的希慕-莱特女孩说，"我们还会摆拍。我们是斯莫克如的明星，因为我们在电视上做广告。"

这三只熊唱了起来：

> 希慕鲜！
> 希慕浓！
> 快来一口希慕莱（特）。

"她们之所以能被选上是因为她们长得漂亮，"漂亮修女有些怨恨，"没人在她们身上乱涂乱画。"

"我足够漂亮，完全够格做一个希慕-莱特女孩！"太普修女掀开她的面纱，露出了一头光彩夺目的黑发，"只可惜我没有缝啊！"

"哈哈哈哈！"所有希慕-莱特女孩不由得大笑起来。

"袋子！"漂亮修女尖叫道："赶快！趁我还没晕倒！"

随着一声叹息，太普修女从她包里掏出了一只棕色的纸袋，"我必须这么做吗？"

"快点！"

"好吧，淡定，淡定。"美丽的黑人芭比把袋子罩到了她的头上，整个把脸给遮住了。

"有时我嫉妒她嫉妒得都快要晕过去了，"漂亮修女对艾米丽解释说，"这就是为什么我会想到这个袋子的原因。我需要几分钟来缓缓神。"

艾米丽听到这儿忍不住笑了起来，幸好玩具们并不介意。"这样做是不是有些过了？这也不是她的错！"艾米丽说。

一个新的声音从地板上传了出来："哦，原来你们在这儿啊——可把我给找惨了！"

"嗨！诺迪！"雨果说。

一个玩具从条纹帐篷里踱了出来，艾米丽一见到他就开始大口地喘息起来。那是一只非常非常老的熊，松松垮垮的，用橡皮膏固定在一起。他没有耳朵，这使他的头看起来很奇怪。他推着购物车，脖子上挂着一块牌子：非卖品。

这正是露丝商店里那只坐在收银台后面的熊熊。

他怎么会到她的卧室里来呢？

这个梦……不是梦。

"你们一定是走错门了，"诺迪的嗓音低沉而沧桑，"我错过唱诗班的排练了吗？"

"没有，"雨果说，"不过我们最好是去别的地方排练吧，因为这个卧室是属于这个叫做艾米丽的人类的。"

"什么？"

"我是说，我们来错地方啦。"

"嗯？"

"他听不见，"漂亮修女说，"他又把他的耳朵给弄掉了——我不停地告诉他。"她赶紧跑到艾米丽的床边大叫道："非卖品先生，快把你的耳朵戴上！"

"什么？"

所有的玩具一齐大喊道："耳朵！"

"为什么你们大家都那么小声小气的？等等——让我把耳朵戴上。"只见那只古老的玩具费力地从他的购物车里刨出了一对毛茸茸的耳朵，然后将它们重新粘回到了他那年迈的光脑袋上。"这下好啦，你们刚才说什么来着？"

"我们并没有走错门，"企鹅严肃地说道，"我觉得我们之所以会来到物质世界，是因为那扇门被破坏了。我还是向斯德维报告一下好了。尽管雨果并没有穿衣服，但他看起来像是从口袋里掏出了一样东西——一部手机，看起来有些怪怪的，直到艾米丽想起她曾为布鲁伊发明了一个玩具手机。

"斯德维又是什么呢？"艾米丽问。

所有玩具都咯咯笑起来，仿佛艾米丽问了一个很傻的问题。有人喃喃道："她居然连斯德维都不知道！""你相信吗？"

"斯德维很管事的。"雨果说。

"我的意思是说，他是一个人吗？还是一个类似于政府的机构？"

"它是所有想象起源的地方，"斯米菲说，"无论哪儿出了问题，斯德维都能将它搞定。"

"这么说，它是一个类似于充电站之类的地方咯？"

"我这会儿没功夫解释了。"雨果边敲着手机上的数字边说道，"我得赶快报告一下情况。"

"可是……向谁报告来着？"艾米丽说。

"别说了，亲爱的，"漂亮修女说，"雨果，打开免提。"

企鹅按下了一个按钮，房间内顿时响起了老式话机的铃声。

这真是太不可思议了——来自斯莫克如的声音。

一个土里土气的声音说道："这里是斯德维中央办公室。如果您的房子被风吹走了，请按1；如果您忘了您的名字和住址，请按2；如果您想申请操场扩建，请按3；如果您有别的事，请在滴声之后留言。"片刻停顿后，那声音自己说了声："滴！"

雨果说："我想报告的是斯莫克如与物质世界之间的一扇门坏了。它在尖尖头的西卡莫，那个花园的深处。谢谢你。"

"这样应该没问题了，"漂亮修女说，"现在就让我们回斯莫克如去完成我们的唱诗班排练吧。"

"对对对，"诺迪说，"我们中的一些朋友没法过来，因为在物质世界里他们已经不复存在了。布鲁伊正为此而抱怨呢。"

"布鲁伊！你见到布鲁伊啦！"艾米丽喊叫道，"你跟他说话了？"

"哈啰，艾米丽。"熊熊那破旧针脚缝成的大嘴扬起了一个亲切的微笑，"是的，我刚刚还碰到他了呢。"

艾米丽的眼睛因渴望而闪烁着。突然间，她的脑海中清晰地浮现出了布鲁伊的样子，就在霍莉床上的那个老地方，还有霍莉没有犯病时开心的样子。然而她不在这里的事实让艾米丽感到前所未有的痛苦。

她问道："你能帮我捎个信给他吗？"

"当然啦。"诺迪说。

"告诉他……"她有太多太多想说的话。

我恨那些没有你和霍莉的日子。

我多么希望我也能来斯莫克如。

请告诉霍莉我是多么想念她。

"就说艾米丽向他问好，并向他转达她的爱。"

"好的，"诺迪说，"来吧，大伙儿。"

"等一下，"艾米丽说，"请你们先别走！我还没搞懂斯德维到底是什么呢。还有你们的假胡子呢？"

"哦，胡子早就过时啦！"漂亮修女不屑地说道。

"现在大家都流行戴帽子呢，"雨果解释说，"但我们没法把它们带到这儿来，因为它们是用蛋糕做成的。"

"蛋糕帽子？开玩笑吧？布鲁伊也有一顶吗？"

"那当然——他今天就戴着一顶黑森林蛋糕帽，看起来帅呆了。帽子上还有专为他耳朵留出来的洞呢。"

"请等一下！"就在艾米丽快要哭出来的时候，玩具们从她的羽绒被上跳了下来，消失在地板上的小帐篷里。企鹅是最后一个穿过门缝的。他愉快地朝她挥了挥脚蹼，带条纹的帐篷就像肥皂泡一样"噗"的一声消失了。

4

黑蟾蜍

这些日子以来，周末显得异常安静。霍莉还活着的时候，周末出游对爸爸妈妈来说是件顶重要的大事，他们总会想方设法找到方便霍莉、她的轮椅和呼吸机出行的地方。而如今没有了霍莉，他们可以去任何想去的地方，但他们却少了这份心情。他们坐在家里，一言不发，仿佛在等待着什么，小心翼翼地观察着彼此身上流露出的悲伤痕迹。出于某种原因，他们都在假装不悲伤。

在玩具唱诗班排练的幻境（她拒绝称之为"梦境"）出现之后的那个周六早晨，艾米丽在布鲁伊之书上写写画画打发时间。以往她通常会穿过后花园跑到梅姿家去，但这会儿梅姿却远在夏茉家，波顿小镇的另一端，而她也不想见别的什么人。

爸爸说："我们应该庆祝下新工作啊——不如我们一块儿到皇家橡树吃午餐吧。"

霍莉在的时候，这曾是他家的一项常规享乐项目。

"是的，"妈妈看着艾米丽慢吞吞地说，"我们是该再去光顾一下了。我可不想让尼尔和曼迪认为我们不再喜欢他们了。"

尼尔和曼迪是当地酒吧的老板，他们一直都对霍莉非常好，还专门留有一张特别的桌子，里面有足够摆放轮椅的空间和一个供呼吸机使用的插座。专座的上方挂着一幅镶框的画——霍莉灿烂地微笑着，尼尔和曼迪则扮成小鸡站在她的两边。这张照片是两年前在一次慈善募捐长跑活动中拍摄的。

这是艾米丽他们第一次没有和霍莉一起去皇家橡树。那张特别的桌子不见了。曼迪解释说，那张桌子夹在卫生间和水果机之间，从来就不是一张很好的桌子。没有霍莉，艾米丽和父母可以坐在暖房中一张好得多的桌子旁。尼尔还为他们斟满了免费饮料。他们三个就这样一言不发地坐着，透过布满雨珠的玻璃，望着沉闷的酒吧花园。

> 我真想知道我的嗓子到底还会不会说话了。
> 我还不如也死了算了。
> 再没有比这更糟的了。

世界似乎依旧如常，但一切都已变得如此悲伤。

艾米丽开始在她的布鲁伊之书里写一些与斯莫克如无关的东西——那些她不能大声说出口的东西，那些会使人们感到不安、焦虑或尴尬的东西。

在花园里，玻璃的另一边，有一些动物石雕——一只刺猬、一只兔子和一只猫。但是今天又新增了一样，当她看到它时，艾米丽不禁打了个寒战。

他们怎么会买一只模样邪恶的黑蟾蜍？

她妈妈说道："这比我想象中要简单得多。我还担心……而实际上，在她曾经感到开心的地方待着也蛮好的。"

"我还真有些想念这个牛排和腰子馅饼了，"爸爸说，"你在看什么？"

"新的雕塑。"

"什么？"

艾米丽再次定睛看时，却不见了蟾蜍雕塑的踪影。那只是一卷黑色的水管，被下雨的窗户扭曲了罢了。

她转向她的爸妈说："没什么。"

★

周一早上的学校里，开始上第一节课之前，每个人都在谈论学期末的戏剧表演《爱丽丝梦游仙境》——尤其是梅姿和夏茉，她们都希望能出演主角。

"这个虽然有点幼稚，"梅姿说，"但至少我们可以站到那个有着华美灯光的大舞台上。而且我知道你会演爱丽丝。我觉得，你有一头金发，就像书中的爱丽丝一样——而且你那么有才。"

夏茉有很多表演经历，最著名的要数为B&Q拍的电视广告片了。于是表演也成了梅姿最近的爱好。她们都计划在10岁前成为国际巨星。

"我还以为能出演一部像样的音乐剧呢,"夏茉说,"比如《油脂》或者《魔法坏女巫》。"

"哦,对啊,你的歌声是如此甜美……"

艾米丽暗自庆幸总算开始上课了。他们的英语老师罗宾逊女士比海蒂·凯蒂的其他老师年轻,也不那么吓人。她是黑人,很漂亮(对老师而言),穿着也很酷(对老师而言)。艾米丽之所以喜欢罗宾逊女士主要是因为她不会觉察到她在课堂上写她的布鲁伊之书。

那个厚实的笔记本开始被一点点地填满。起初,她每次不过寥寥几笔,刚好能勾起她的记忆。现在她必须得把她所看到的每一个疯狂细节都记录下来。

我知道霍莉已经走了。

可她的一部分会不会还活在斯莫克如?

诺迪有没有帮我传达信息?

斯德维到底是谁,或者说是什么?

罗宾逊女士开始讲戏剧了。她把夏茉和梅姿请到全班同学面前,读了一段爱丽丝和毛毛虫之间的台词。她们表演得很精彩,声音很洪亮,艾米丽则趁机跑了跑神。

我能通过玩具们和霍莉说话吗?

"艾米丽。"

霍莉会想念我吗?

"艾米丽·哈丁!"

她从布鲁伊之书上抬起头来,全班同学都在盯着她看。一股燥热涌上她的脸颊。

罗宾逊女士说:"请你读一下爱丽丝的那部分。"

艾米丽的注意力瞬间回到了现实世界。罗宾逊女士拿出一张纸来。艾米丽觉得自己笨手笨脚的,真希望自己能马上消失。她合上笔记本,走到教室前面。

"还有玛莎,你可以演那只白兔。"

艾米丽的呼吸逐渐平缓了。她一直很害怕和夏茉这样的人合作,而玛莎·毕晓普却很好——微胖、甜美而友好,像极了那只白兔。于是艾米丽忘了自己的笨拙和大脚,认真地投入到故事中来。这是一个她非常熟悉的故事,爸爸在她很小的时候就给她读过这本书,她也很喜欢迪斯尼的卡通。而她直到现在才发现一些关联——

爱丽丝跌入了兔子洞从而进入了仙境。

会不会有个兔子洞能把我带到斯莫克如呢?

下课的铃声响了起来,艾米丽花了几分钟才把她的布鲁伊之书藏进背包里一个隐秘的口袋中,现在她是教室里最后一个人。

罗宾逊女士关上了门。她走到艾米丽面前,在近旁的桌子边坐下,一副一本正经的样子。有那么一瞬间,艾米丽紧张地以为她要挨骂了,然而她的老师并没有生气。

"你刚才的表现非常棒，艾米丽。"

"谢谢。"

"这是我第一次见到真实的你。大多数时候，你并不真的在这里，对吗？你总是在笔记本上写写画画，或者凝神眺望窗外。"

艾米丽根本没想到她会这么说，她为老师所注意到的一切感到十分尴尬。

罗宾逊女士说："九岁的时候，我的弟弟去世了。"

"噢。"这突如其来的震惊让艾米丽不禁抬起头来，第一次那么仔细地端详着她的老师。

"我告诉你是因为我想让你明白我知道那是种什么样的滋味，好吗？"如果你需要摆脱一切，你可以来找我，我会和其他老师商量的。"

"我没事。"艾米丽说。

"他的名字叫伦尼。"罗宾逊女士的声音变得柔和起来，她的脸突然变得年轻了很多，"他那时7岁，是我的捣蛋同伙。他死后，我变得无所适从。"她从口袋里掏出手机，翻看着照片，找出了其中的一张，上面是一个缺牙的笑容满面的小男孩。他穿着一件带有塑料尖角的红色恶魔服装。"那是他在万圣节时的样子。"

"他是怎么死的？"

"脑膜炎。太突然了——我在之后的好几个月都处于震惊状态。"

艾米丽不知道自己是不是也处于"震惊状态",难道这就是她会看到那些稀奇古怪的东西的原因吗?"他看上去……很好。"

"我至今每一天都还在思念他,"罗宾逊女士说,"你的那个粉色笔记本是在写你的姐姐吗?"

"是的,差不多吧。"

"我过去常常会写密信给伦尼——就是一些琐碎的见闻,'亲爱的伦尼,今天我们去了奶奶家',或者'今天我们去游泳了'。我不能容忍他被遗忘在一旁。"

艾米丽说:"他看起来很像你。"

"谢谢。现在你得让我看看霍莉的照片啦。"

从来没有人要求要看霍莉的照片。艾米丽从背包里拿出手机,给罗宾逊女士看了她最喜欢的那张——霍莉坐在后门外的阳光下,布鲁伊就趴在她的头顶上。

"她很可爱,"罗宾逊女士说,"而且她的眼睛简直和你的一模一样——任何人都能看出你们是姐妹俩。"

"我们的手也是一样的——我的意思是形状一样。"

"你们永远是姐妹,这是任何人、任何事都无法抹去的。"罗宾逊女士站了起来,重新恢复了老师轻快的模样,"无论何时你想要谈论她,都可以来找我——只要记住这个就行。"

"谢谢。"艾米丽说。

接下来的时光里,她觉得自己不那么反常了,也没有机会再在她那本布鲁伊之书里写东西了,因为玛莎·毕晓普午餐时决定坐在她旁边。能有个人坐在一起真好，玛莎那滔滔不绝的欢快话语令人非常愉悦。

罗宾逊女士失去了她的小弟弟，因此她能够理解没有霍莉的生活。但还有很多别的事情是她不可能理解的。

★

巴克斯通·往事随风的店门已经关了好几天了。这并不罕见，露丝经常会去旧货市场和乡村拍卖会寻找古董。然而，当它周四仍然关着时，艾米丽就开始担心了，露丝会不会忘了今天是自己放学后要来的日子呀？

她弯下腰，隔着门喊道："露丝——你在吗？露丝！我是艾米丽！"

商店后面突然亮起了昏暗的灯光："来了！"

几分钟后，露丝打开了房门。她那猫头鹰形状的身体裹着一件红色格子呢睡袍，看上去糟透了——眼袋深陷，气色土灰。

"你病了，"艾米丽说，"你应该告诉我们呀。"

"我没病，"露丝说，"至少医生是这么说的。他说我没有得脑瘤，也没有中风。这一切都是压力造成的，很显然。"

"哦。"艾米丽感到有些不安。这听起来像是好消息，但露丝似乎并不这么认为。"我能帮你做点什么吗——或许我能帮你照看下商店？如果你不想让我待在这儿，我可以去妈妈的办公室……"

"不，"露丝疲惫地揉着额头说，"我很想要你留在这儿。事实上，我觉得你可能是唯一一个能让我倾诉的人。"

"我？怎么会？"

"你可能会认为我完全疯了，但我想你会明白的。"随着突然爆发出的一股力量，露丝把艾米丽拉进昏暗的商店，锁上了门。"到厨房里来，请忽略这儿的脏乱。"

艾米丽怀着极大的好奇心跟随她穿越了堆放的各种杂物的重重障碍。无论露丝要告诉她什么，这都会是她多年来最有趣的一次谈话。

经过收银台的时候，她抬头瞟了一眼架子，发现那只老熊还在它原先的地方，脖子上挂着"非卖品"的牌子。她心想："你好，诺迪——但他似乎又变回了玩具的模样，暗淡的玻璃眼睛和缝出的微笑，实在很难想象他会变成什么别的模样。"

也许我真的不过是在做梦而已。

"过去几天我全靠烤面包和果酱撑着。"露丝说，"才把面包屑扫了一下。"

艾米丽找了张面包屑最少的椅子坐了下来。小桌子上摆满了空罐子、黏糊糊的盘子和半杯半杯的冷茶。所有的一切都覆盖着面包屑，就连像一摊烂泥一样趴在地上的波奇也不例外。

露丝慌忙地把最脏的碗碟甩到水槽里。"听着，如果你能不把这一切告诉你父母的话，我会非常感激的。"

"好的。"

"让我再泡点茶吧——我还在想怎么解释才好。"她泡了两杯茶，一屁股坐到艾米丽对面的那把椅子上，"你知道'幻觉'是什么意思吗？"

艾米丽忽然感觉嘴巴干涩："当你看到一些并不存在的东西。"

"完全正确——一些并不存在的东西，然而当它发生的时候，给人的感觉却是完全真实的。而它也绝对不是一场梦。"

"你看到什么了吗？"

"我从头讲起吧，"露丝皱着眉头，聚精会神地说，"我在楼上的小客厅里看电视。看着看着就打瞌睡了，当我醒来时，我突然感受到了那样的时刻……"她顿了顿，搜寻着合适的措辞，"我儿子是大约十年前去世的，但有时仿佛就像发生在昨天一样令人心痛。我想你知道那种感受。"

艾米丽点点头，简直感同身受。

"好吧，幻觉就是从这儿开始的，所以我得说得清楚明了，我并没有睡着。然而，我分明有一种奇怪的感觉，觉得楼下有什么可怕的东西进来了——一种把整个房子都浸在黑暗和绝望中的东西。还听到一种声音——像一大群蚊子在呜咽——但当我下楼走近时，我意识到那是数百人在不停地哭诉和啜泣的声音。然后我看见了它，就在门上那个猫洞旁边的地板上——一只巨大的黑蟾蜍。"

"什么？"艾米丽喘着粗气说道，"是我告诉过你的那只邪恶的蟾蜍？"

"是的！非常恐怖，黑乎乎亮闪闪的一团，眼睛里传达出一种可怕的神情，但这之后才是真正疯狂的部分。"露丝深深地吸了一口气说，"接着我便听到说话声，而那并不是人类的声音。"

"那会是什么？"艾米丽几乎不敢呼吸了。

"听起来有点模糊，"露丝说，"我转过身来，惊讶得差点摔倒——那是我妈妈的古董熊！他跑过厨房的地板，唱着一首歌——像是：'嘘！走开！你这个臭老头！'"

这下她们谁也笑不出来了。

"他拿了一小罐气雾剂，朝蟾蜍喷了一团闪光的粉色气雾，"露丝接着说，"他呱呱地嘶吼着，像一团可怕的、渗出的黑油一般消失在地板上的一条裂缝里。"

她们沉默了一会儿，静静地听着窗外的风声。

"这就是为什么那会儿我会觉得我一定是中风了，或是得了病。尽管医生发誓说我很好。"

艾米丽打了个寒战。

"你不是唯一一个。"

"如果你得了中风，"她小心翼翼地说，"恐怕……我也得了。"

慢慢地，她开始告诉露丝她在霍莉床上看到的那顶小帐篷和那些神奇的玩具。她全神贯注地讲述着事情的经过，以至于过了好一会儿才注意到露丝的反应。

露丝的脸僵住了，露出了惊恐的神色。当艾米丽讲到企鹅和毛毛熊的名字叫雨果和斯米菲时，她哭了起来。

"露丝？"她隔着桌子伸手去摸了摸露丝的胳膊，"我说错什么话了吗？我保证这不是我编的。"

"等一下！"露丝大声吸了吸鼻子，从椅子上跳了起来，"不要动！"

她冲上楼。艾米丽听见门开了，远处传来"砰"的一声，露丝从什么东西上跌了下来，嘴里骂骂咧咧的。十分钟后，她回到了厨房里，满身是灰，手里抓着一个大纸箱，边上用黑色记号笔写着"丹尼尔"。艾米丽帮着在桌上腾出了一块地方，好让露丝把箱子放下来。

"有一些他非常喜爱的东西，我永远也不会把它们扔掉，因为我也爱它们。她打开箱子，拿出两个褪了色、被压扁了的毛绒玩具———只熊和一只企鹅。

艾米丽大声喊叫道："斯米菲和雨果！"

5

仙　境

　　艾米丽和露丝面面相觑，吃惊、恐惧又迷茫。她们之间的沉默一直延续着，直到艾米丽开始担心起她是不是说错话了。

　　"天哪！"露丝轻声说道。

　　"这不是我编的。"艾米丽又说了一遍，语气相当肯定。如果露丝不相信她，她就会像黑蟾蜍一样陷进地板的裂缝里。"他们会动会说话，我很清楚自己看到了什么。"

　　露丝抚摸着毛绒玩具们。"雨果和斯米菲！"她现在不哭了，但看上去有些茫然，"我曾讲过许多关于他俩的故事！丹尼尔小的时候，我每天晚上都要为他们编一个新的冒险故事——而你居然碰到了他们！"

　　"是的，他们就出现在我的卧室里。"

　　"好吧，让我们从头梳理一遍。"露丝突然变得一本正经、精力充沛起来，"你妈妈很快就要来了，我想听听所有的细节。

等一下——我需要一些高浓度的咖啡，而家里连一块像样的饼干都没有了！快到波琳家买一大袋巧克力饼干来。"

波琳就是这排商店尽头那个小超市的店主。露丝忙着煮咖啡，艾米丽则匆匆赶去买饼干，她兴奋而充满活力，身上的每一个细胞都在颤抖。虽然她只离开了短短几分钟，但当她回来时，整个商店的氛围都变了。

露丝把格子呢睡袍换成了一件绣花长袍。她已经把大部分的面包屑清理干净了，还把粘在她那富有弹性的灰头发上的蜘蛛网也清理掉了。她那烧黑了的咖啡壶在加热板上嘶嘶地沸腾着。那个纸箱这会儿被挪到了地板上，雨果和斯米菲正靠墙坐在桌子上。

"啊，经典的牛奶巧克力消化饼——完美！我知道你妈妈肯定不同意，但还是请来一杯我邪恶的高糖饮料。"

"谢谢。"本来艾米丽只有在周末时才能喝可乐，而今天才周四。但这是一个特别的场合，非常特别。

最后，她们拿着饮料坐下来，露丝打开了饼干。

"你见过我儿子的旧玩具，我也见过你的黑蟾蜍。"她把一块饼干塞进嘴里，"就是这样，我们俩都没疯。我确实想知道我们俩是不是都得了怪病——在中世纪，有一种病叫麦角中毒，它是由发霉的小麦引起的，曾让整个村庄的人像三月兔一样疯狂。但我在网上查了一下，如果是麦角中毒的话，我们早就把对方砍成碎片了。假设我们的精神都是正常的吧——带我回到一开始，不要遗漏任何东西。"

露丝善于倾听。她又厚又圆的眼镜后面是一双又大又认真的眼睛。

艾米丽从她在梦中听到布鲁伊唱的那首歌开始——她甚至还把它唱了出来。她滔滔不绝地说着。露丝时而点点头，时而扬起眉毛，时而插上一两句嘴。

"斯米菲的假胡子是橙色的，对吗？"

"是的——你怎么会知道？"

"这是他最喜欢的颜色。有一次，丹尼尔和我在德文郡度假，我为斯米菲织了一条橙色的小围巾。"露丝弯下腰，在纸箱里用力翻找，然后掏出一条脏兮兮的围巾，"那时丹尼尔六岁，他太喜欢了，所以我不得不给雨果也织了一条——一条紫色的——哦，这也太怪了！请接着说，别介意我的打岔。"

把这一切都说出来后，艾米丽感觉自己如同羽毛一样轻松无比。

听到芭比修女时露丝忍不住笑了起来，说她从来没有听说过这样的事情。"但我知道希慕-莱特，它是希慕奶油中的领先品牌。雨果的一条缝线裂开了，我不得不把它补起来。"

"那斯德维呢——那个也是你编的吗？"

"不是，我还是第一次听说斯德维。是一个人——我的意思是，一个毛绒玩具——还是别的什么东西？"

"我不知道，"艾米丽说，"但玩具们似乎都觉得斯德维能修好斯莫克如通往我们这个世界的门。你编故事给丹尼尔的时候，是谁在负责管辖呢？"

"没有啊，无论是人还是什么。魔幻之境并没有所谓的统治者。"

"那斯德维怎么会进入我的想象中呢？"艾米丽问，"你的想象中又怎么会出现蟾蜍呢？"

"这个，"露丝说，"是个值得思考的问题。为什么我们的想象会有交集呢？为什么是现在？我的意思是——我们怎么可能会讲着同一个地方发生的故事呢？不过请接着说——你说雨果和斯米菲开了一家玩具寄宿所？"

"是的，提供给那些在物质世界没有主人的玩具。雨果管它叫'西卡莫之家'，因为他觉得那样听起来很时尚。"

"嗯，典型的雨果，"露丝说，若有所思地笑着，"他从来都是一只自命不凡的企鹅。他的爱好就是发表重要演说。"

"这个我相信。"艾米丽又伸手拿了块饼干塞进嘴里，"他喜欢对人发号施令，对吧？"

"上帝啊，是的——丹尼尔决定让雨果担任企鹅社团的社长。他们在市中心有一个绝妙的总部，有一台造雪机和一个游泳池。"露丝仰头把咖啡一饮而尽，"但是成群的企鹅太吵了，它们被赶了出来，不得不搬到偏远的乡下去。每次提起这个，雨果总会很生气，'告诉你吧，丹尼尔，我们不是被赶出去的，我们是被请出去的，这完全是两码事！'"她停了下来，脸上的笑容消失了，"对不起，我不是故意要对你絮絮叨叨的。真是不可思议啊，这么多年过去了，一切都还在我的记忆深处徘徊！"

周围一片寂静。故事中真正重要的部分正在逼近，但谁也不愿第一个提及。

"玩具们见到布鲁伊了，霍莉的熊熊。"艾米丽说，"在这里我没法看到他，因为他被火化了不复存在了。但在斯莫克如，他有一间小屋和一顶蛋糕做的帽子。他仍然会和他的人类主人一同玩耍——雨果和斯米菲也一样。"一阵剧痛涌上她的心头，有那么几秒钟，她对姐姐的思念强烈得让她无法言语，"如果我能去斯莫克如，我就能见到霍莉了——我能在脑海中清晰地描绘出那时的情景。我想她还会留着她的轮椅，那是她身体的一部分，在我的布鲁伊故事里，那是一把神奇的飞行椅。"

"但她再也不需要那该死的呼吸机了，"露丝说，"任何一个配得上'魔幻之境'称号的地方都不需要这个东西。她也不需要那些张扬舞爪的管子了。痛苦和悲伤这类可怕的东西在那片森林里压根儿就不存在。"她长叹一声，"多美妙啊，一想到我的丹尼尔突然间回到那儿去看望他的老朋友，我就高兴得无法自已！他从来没有完全抛开过这一切——甚至当他已经是个高大的六年级学生，而我也已经好几年没有讲过故事了，他还时常会在日历上标出每年企鹅社团郊游的日子。"

她们都哭了起来，而现在没有谁会在意了。露丝撕了两张厨房卷纸来擦拭她们脸上滚落的泪水。

艾米丽的眼泪一股线地往下掉。露丝的眼泪则需要沿着她脸上的沟壑和皱纹蜿蜒下落。她使劲擤着鼻涕，随之而来的是一连串按喇叭似的声响——为什么老年人擤鼻涕总是这么大声？

突然间，一切都恢复了平静。

艾米丽说："请不要把这件事告诉我的父母，否则他们会让我接受治疗的。"

"放心吧，我不会对任何人吐露半个字的——我可不想让人们以为我疯了。"露丝又吃了一块饼干，"'斯莫克如'这个词是你编的吗？"

"是的。"艾米丽对此非常确定。

"我有一种很奇怪的感觉，那就是我以前在什么地方听到过，仅此而已。我要是知道是哪儿就好了。这会困扰我好几天。"

一阵急促的敲门声着实把她们吓了一跳。艾米丽的妈妈下班来接艾米丽，她们都没注意看时间。

妈妈说："难道你们听不见吗？我绕着屋前敲了好久好久！"

"对不起，我们太投入了，"露丝说，"我们在谈……呃……"

"我的历史作业，"艾米丽赶快接过话来说，"露丝在帮我。"她意味深长地扬了扬眉毛，"明天见。"

她妈妈似乎并没有起疑心，但回到家后，她用一种奇怪的眼神看着艾米丽。

"我很高兴你和露丝相处得如此融洽。"

"她人很好。"艾米丽说。

"哦，我知道她很好，"妈妈说，"但我没想到你们那么聊得来——就像你和梅姿。对啦，我们好久没见梅姿了——为什么不邀请她周六过来呢？"

"或许吧。"艾米丽还没告诉爸爸妈妈梅姿已经不再是她最好的朋友了，"到时候再说吧。"

★

"我认为人们喜欢《爱丽丝梦游仙境》的原因很简单。"罗宾逊女士说，"它讲述了一个发现秘密魔法世界的故事——谁没有过这样的梦想呢？凡是第一次读到《纳尼亚传奇》就跑到衣橱后查看的人请举手！"她举起自己的手，周围传来一阵咯咯的笑声。"小时候，我发明了一个叫做"桌子世界"的游戏，为此我妈妈不得不在餐桌上铺一块很大的桌布，然后我就爬到桌子底下，假装自己潜入了另一个空间——就像爱丽丝掉进兔子洞一样。"

这是本周的最后一节课，英语连排。这天下午他们聚集在礼堂里，所有的椅子都被搬走了，腾出了一大片空地。艾米丽既不能置若罔闻，也不能在她那本布鲁伊之书上写写画画。这是第一次正式为学期末的戏剧排练，罗宾逊女士就没让他们闲过——她让他们进行搞笑的友谊赛，每个人都成了赢家。滑稽至极的互动让大家笑得前仰后合，精疲力尽。

"这就是我希望观众在观看我这个版本时所能感受到的。"罗宾逊接着说，"在告诉你们谁演什么角色之前，我要把丑话说在前头——我将让你们每一个人都能发挥所长，所以如果你们没有得到合适的角色，并不意味着你们不用撸起袖子大干一场！"

这话让更多的人咯咯笑了起来，大家的兴致也随之高涨。梅姿和夏茉甩了甩她们的长发，沾沾自喜地互相挤了挤眼。

"首先，如果没有一个真正优秀的叙述者，故事就会显得散乱而不完整。当你们拿到卡拉·罗宾逊版的剧本时，就会发现，我把故事掰成了几部分，因此，必须要有一个主要的声音来贯穿始终——夏茉·沃森。"

梅姿发出一声戏剧性的叹息。每个人都确信夏茉肯定会是爱丽丝。梅姿自己则幻想着担任故事的主要叙述者，甚至已经开始盘算着穿什么衣服好。

哈哈，她们俩真是活该。

艾米丽的目光飘向窗外逐渐暗淡的天空。霍莉死后，她还是第一次因为到周五了而感到高兴。她迫不及待地想回到巴克斯通·往事随风古玩店，好更深入地聊聊斯莫克如。她的夜晚平淡无奇，令人失望，但或许露丝会看到些别的什么东西（或什么人）。

罗宾逊女士公布演员名单时，艾米丽心不在焉地听着。

"白兔——好吧，那必须得是玛莎·毕晓普，瞧瞧前几天她在课堂上的精彩表演。红皇后——梅姿·米勒，我想你们应该会很享受她吼出的那句'砍掉他们的头！'"

大家都笑了，包括梅姿。梅姿和夏茉忽然喜欢上了自己的角色，但她们都很想知道到底由谁来扮演爱丽丝。

"最后，你们一直期盼的时刻到啦。罗宾逊女士用击鼓般响亮的声音宣布道，"女士们——呃——女士们，爱丽丝这个角色将由艾米丽·哈丁来扮演。"

艾米丽花了好几秒钟才明白听到的是自己的名字，之后才意识到全班同学都目瞪口呆地看着她，显然大家都惊讶极了。

有人咕哝道："谁？"

她的脸颊灼热。她看了看梅姿，梅姿又看了看她，仿佛她们从来没有见过面似的，一种可怕的怜悯和轻蔑相混杂的神情，让艾米丽的胃部一阵痉挛。

她从来没有像现在这样因为听到铃声而高兴过。

"先别走！"罗宾逊女士喊道，"你们都已经拿到我的精彩剧本啦——尽可能多读几行哟！"

一天的学习结束了。有的人高谈阔论起来，有的人则冲向舞台上她们堆放大衣和背包的地方。

"嘿，做得好！"玛莎友好地挤了她一下，"你一定会像爱丽丝一样出色的。"

"谢谢，"艾米丽不由自主地说，她还在为这件事带给她的震惊而感到头晕目眩，"我很高兴你是那只白兔。"

梅姿和夏茉在她身后嘀咕着，甚至都懒得压低声音。

艾米丽捕捉到了这样一句："……她当然演不好啦，不就是因为她姐姐死了。"

梅姿咬牙切齿地说："嘘！"

"别嘘我——你自己说的！"

艾米丽无法控制因痛苦而滚落的泪水，只好假装在摆弄她的包，好让别人看不到她的脸。梅姿曾是她最亲密的朋友。她认识霍莉和布鲁伊，知道他们有多特别，而现在的她却像个陌生人一样在说话。

大厅里的人已经走得差不多了。罗宾逊女士在舞台旁来回踱着步子，收拾着散落的稿子。艾米丽赶紧擦了擦眼泪去帮她。

"谢谢，"罗宾逊女士说，"我希望刚才没有让你太过震惊。"

"您真的觉得我能演好爱丽丝吗？"

"当然啦！你一定是最佳人选。"

"可是我之前从没有什么演出经验，我可能会很糟糕。"

罗宾逊女士的目光犀利但同时又很友好："哦，我明白了——你认为我给你这个主要角色是出于同情，因为霍莉？"

艾米丽点了点头，喉咙又一阵发痛。

"好吧，你现在可以把这个想法抛诸脑后了。我不会因为你和一个死去的人的关系而奖励你，也不是因为你有一头金色的头发——我上学的时候是一个很棒的黑人爱丽丝。这是桌子世界的主要灵感来源。"

"你和伦尼一起玩桌子游戏，对吗？"

"你终归还是听了一些。我从不知道你听进去了多少。是的，这是我们最喜欢的游戏。"罗宾逊女士把最后一份文件塞进了她的大袋子里，"我给你爱丽丝这个角色，是因为观众需要一个能让他们产生共鸣的人，一个能带他们踏上故事旅程的人。"她轻声笑着说，"一个从来没有在B&Q的广告里出现过的人。"

6

尖尖头有麻烦了

　　九点半的时候门铃响了，艾米丽和爸爸妈妈正在看《厨艺大师》的电视节目。

　　是露丝。"对不起，这么晚还打扰你们——我能借艾米丽用一下吗？我需要她的帮助。"她试图让自己的声音听起来轻松愉快，可实际上已经上气不接下气了，她那件松垮的棕色开襟羊毛衫的扣子也扣岔了，"艾米丽，你介意吗？"

　　在这之前，艾米丽度过了一个非常安静的周五下午和晚上。霍莉还活着的时候，艾米丽周五的大部分时光都和梅姿在一起。但现在梅姿在夏茉的家里，而她曾经最好的朋友则被撇在她沉默的父母之间，在沙发上打着瞌睡。

　　露丝惊恐的眼神像一阵寒气，瞬间把艾米丽惊醒了。她们刚来到外面屋前的小路上，她就说道："你一定是看见了什么！"

　　露丝收回了她那假装的快乐，紧紧抓住艾米丽的手说："我需要你告诉我你也能看到它。"

"看到什么？"

"哦，天哪——等一下，让我喘口气……"她在离后门几英尺远的地方停了下来，喘着粗气，好像刚才一直在跑似的，"我当时在楼上的客厅里，我发誓我没有睡着——然后，突然间——艾米丽，究竟发生了什么事？"她忽然降低声音惊恐地喃喃道，"为什么我被我儿子的旧玩具幽住？"

"玩具是不会幽住人的，"艾米丽说，"他们又不是鬼魂。"

她打了个寒战，尽管话是这么说的，她却在暗自揣摩斯莫克如的布鲁伊算不算鬼魂。

"好了，我准备好了。"露丝勇敢地挺了挺胸脯，打开了后门，"尽可能安静地上来，别把他们给吓跑了。"

这座古屋的楼梯既狭窄又不平整。艾米丽跟着露丝，她的心因为激动而怦怦跳动着。客厅里有人在说话——她听不清在说些什么——紧接着爆发了一阵欢呼声。露丝格外小心地打开门，好像一不注意就会被咬到似的。

小小的客厅里挤满了玩具。他们占据了沙发和扶手椅、书架的顶部和窗台。有形状不一、颜色各异的熊熊，有大大小小的企鹅，有几只让人看了就想抱抱的恐龙，还有几只来自书店童书角的长颈鹿和软绵绵的海雀。这是一幅非同寻常的景象——这些被挤扁压坏的小家伙们彼此推搡着、大笑着、窃窃私语着。艾米丽眨了好几下眼睛，才认出那些在她卧室里进行过唱诗班排练的玩具们。他们之中谁也没有注意到这两个人类的到来。

"看到了吗？"露丝轻声说道。

雨果高高在上地坐在一个垫子上，他的演讲渐进尾声，忽然戏剧性地举起一只"手"来。"如果他不肯自己走开，我们就得朝他扔东西，把他的房子拆掉！（更多的欢呼声。）作为你们新当选的市长，我要向那个流氓表明态度——尖尖头不欢迎你这种人！"

所有玩具都大声欢呼起来。

"听着听着！"漂亮修女嚷嚷道。

"这下我可以把袋子拿掉了吗？"太普修女问道。

"我觉得应该可以了吧，只要你能小心点，不要显得太美就行。"雨果回答道。

艾米丽跪到了地毯上，这样就能离玩具们更近些了："嗨，雨果。"

"啊，艾米丽！"雨果说，"你刚错过了我的演讲，不过我可以把演讲稿发给你看。哈啰，露丝！"

露丝的嘴唇无声地颤动着，眼睛里满是吃惊。

"又是一个人类！"漂亮修女厉声说，"你知道我不喜欢人类！可我们到底又是为什么会到这儿来呢？"

"又是那扇门。"

"我敢打赌，神秘人就是从那儿偷偷溜进来的！"

这话引起了玩具们的一阵骚动。

艾米丽问道："谁是神秘人？"

"请安静，大家！"雨果喊叫道，他又矮又圆的身体自命不凡地膨胀了起来，"让我来解释一下。我们是尖尖头的邻里守望委员，我们正在召开一个紧急会议。"

"可那是为了防止犯罪的呀！"艾米丽的爸爸是巴克斯通社区的守望委员，她知道委员们的会面主要是为了处理些安全信号灯之类的事情。"玩具是不会成为罪犯的——对吗？"

"当然不会啦！"雨果迅速答道，"紧急情况是，一只可怕的蟾蜍潜进了我们美丽的村庄，我们投票决定把他赶出去。"

玩具们于是低声抱怨开来。

"他很邪恶！"有人生气地尖叫着。

"他很臭！"另一个人叫喊道。

斯米菲说："他将明令禁止的物质带入了斯莫克如！"

"等一下……"艾米丽的脑袋中一团浆糊，现在的棕熊俨然一副她的校长在谈论毒品时的样子，"什么禁止物质？"

玩具们异口同声地叫道："悲伤！"

"当然。"露丝低声说，几乎是在自言自语。

"但你们给斯德维留言了呀，"艾米丽说，"难道它什么都没做吗？"

"不，"雨果马上答道，"我没有收到斯德维的任何回复——我不知道为什么。那部电话一定是出毛病了。所以我决定还是写信吧。"

"好主意，"露丝说，"收件地址是哪儿？"

"就是'斯德维，斯莫克如'啊。"斯米菲说，"请不要觉得我们对所有的蟾蜍都很刻薄——我认识一些非常友好的蟾蜍，只不过这只蟾蜍是邪恶的。"

突然，一道耀眼的光芒涌了出来，闪得艾米丽和露丝不得不捂住眼睛。当她们能睁眼再看时，玩具们已经不见了。只剩她俩坐在空荡荡的客厅里。

一张纸条缓缓地朝地面飘下来，露丝在半空中抓住了它，便摊开来和艾米丽一块儿读起来：

紧急报告斯德维！
请除掉那只邪恶的蟾蜍！

"亲爱的老雨果，"露丝平静地说，"他糟糕的拼写曾让丹尼尔笑得很开心！"

艾米丽说："希望这次的消息能够顺利送达。那只黑蟾蜍本不应该出现在斯莫克如。"

如果伤害到了布鲁伊怎么办？

"可笔迹忽然不见了——瞧！"露丝举起那张已然空空如也的纸条，"到底发生了什么？我俩都看到了，而且既没做梦也没疯。所以它一定是某种形式的……魔法。"

"魔法"这个词使得艾米丽心跳加速。这意味着一切皆有可能。一瞬间，霍莉生动而鲜活的模样闪现在她脑海中，真实得仿佛伸手就能触摸到她那温暖、光滑的手臂。

你离我如此之近——要是我知道朝哪儿看就好了。

"我不知道还能用什么别的词来形容这样的情形。你了解那扇破门的所有信息吗？只有一扇破门——还是有很多扇？"

"雨果说那是一扇门，就在他的花园底部，最近总是把他们带到错误的地方，所以他们永远不知道接下来会被带到哪儿去。"艾米丽说，"会不会是我的错，因为我开始梦见那些玩具了？还是我之所以能梦见他们是因为他们已经在那儿了？"

楼下的商店里，三只古董钟开始报时了。

"你最好现在就赶回家，免得你父母以为我把你给绑架了。"露丝焦虑地搓着头发，"不过如果你看到别的什么东西，就请直接来告诉我，就算只是一个梦，也请告诉我。商店周六下午通常都没什么客人。"

"我们明天下午可能得出去，"艾米丽说，"因为是医院的秋季集市。"

*

霍莉有很大一部分时间是在伯特尔顿综合医院度过的。那是一个她们都再熟悉不过的地方了。霍莉病得很重的时候，妈妈经常待在那里，紧挨着她睡在一张硬邦邦的行军床上。艾米丽几乎就是在那里长大的——她还记得自己在无尽的走廊里学会了爬行，以及骑着三轮车穿过外面铺满碎石的小路。

每年医院都会举办一次大型的秋季集市来筹集资金。艾米丽总是盼望着这个盛大活动的到来。集市中会有一支现场乐队，一座充气城堡和各样的美食。霍莉则喜欢和妈妈一起坐在义卖彩票摊后面——她无法看到一束束童话般的彩灯，但她能感觉到乐队演奏音乐时发出的咚咚声。

妈妈没有全程参与今年的筹划工作，不过艾米丽也从未想过他们会不参加秋季集市。就在昨天，她妈妈还兴致勃勃地说要"顺道去喝杯茶"。

"但是我做不到，"艾米丽听到妈妈周六早上对爸爸说，"我知道没有她我是无法忍受的。我还没有准备好回到她死去的地方。"

"我知道，我知道，"爸爸说，"我相信如果我们这次不去的话，他们会理解的。"

他们在使用一种艾米丽称之为"不愿吐露心声"的语言——黑暗且浸透着悲伤，无论他们在和她说话时是多么努力地假装一切都很好。

艾米丽向他们保证她不介意错过秋季集市。这是真的。梅姿和夏茉也会去，而艾米丽根本不想再听到任何关于自己演技的尖酸评论。

但这样也成就了另一个沉闷的周六。

艾米丽花了一早上的时间来更新她在布鲁伊之书中的记录。

黑蟾蜍入侵了斯莫克如。

雨果是尖尖头的新市长了。

斯德维没有回复信息。

到了下午，她突然想离开那座冷清清的房子，到波琳家去买一袋大米做晚饭（爸爸正在做他的素食辣肉酱——换作过去的话，放屁警报器一定会疯狂报警的）。

露丝看见了艾米丽，招手叫她进屋去。"你能帮我买一条棕色面包、几个茶包和一些牛奶吗？今天太忙了，我没有机会去购物。"她扬起眉毛补充说，"我有一个相当有趣的发现。"

露丝看到了一些别的东西。艾米丽匆匆赶到波琳的店里，现在她真的是非常庆幸自己没有去参加秋季集市。相比之下魔法要令人兴奋得多。

顾客们在她回来之前都已经离开了。

"谢谢你，艾米丽。"露丝坐在柜台后面，忙着写她的"销售"书，"这是个奇怪的早晨。一个接一个的顾客，都推着他们那巨大的童车挤进来——这儿更像滑铁卢车站，而不是家小古董店！"

艾米丽坐在火炉旁的旧扶手椅上。松松垮垮的靠垫舒服极了，她喜欢破旧的亚麻椅罩散发出的淡淡的霉味。"他们买东西了吗？"

"是的——全都买了！我从未见过这样的事。三个斯塔福德郡的小雕像，两盒明顿瓷砖，一幅伯托顿修道院废墟的版画——还有那个丑得我以为永远都处理不掉的扑克游戏防火屏！"

"那么你的发现是什么呢？"

露丝还没来得及回答，就又来了一位顾客——一位妈妈推着婴儿车里的宝宝进来了。

她说："我的宝贝儿子想对熊熊招招手。"

诺迪像往常一样坐在露丝身后的架子上，两个大座钟之间。那个一岁多的孩子高兴地尖叫着，挥舞着他的小拳头。

"他今天很受欢迎，"露丝说，"每个人都想向他招手！"

"那么趁着我在这儿的工夫，能看看橱窗里的烛台吗？"

露丝和顾客走到窗前，背对着童车。那个小男孩咯咯地笑着，边挥手边努力尝试着蹦出"熊"这个字！"

紧接着艾米丽就看到了令她惊吓到尖叫的一幕。

架子上的诺迪正在向小男孩挥手回礼。

7

研　究

"招手？"露丝盯着那只快要散架的老熊熊说："你确定？"

"他两只手都挥舞啦，"艾米丽说，"然后他还站起来跳了一小段舞——我真害怕那位女士会转身看到他！"

那三个工作中的时钟敲了五下，于是商店可以打烊了。

"嗯，这就很好解释了，"露丝说，"我之前还在想，为什么镇上的每一个蹒跚学步的孩子都要来这儿，原来是因为我妈妈的老熊在向他们挥手、跳舞和炫技呢！"她拍拍诺迪的头，"怎么回事啊，老熊熊？"

老熊熊又变回了一个玩具，身上有一堆缝线和锯末。

"他走了，"艾米丽说，"但他的身体还在这里。这是否意味着他可以选择什么时候拥有生命？还是说生命想什么时候来就来，想什么时候走就走呢？"

"我压根就想不明白！当我试着去想它的时候，我的大脑就成了一锅粥。我的猜测是像电源——或者别的什么——会无缘无故地忽明忽暗，就像我楼梯口的那盏鬼鬼祟祟的灯。肯定是受到了某种形式的干扰。我希望我能和丹尼尔谈谈——他对这类事情的想象力很丰富。他曾经给我讲过一个故事，是关于雨果和斯米菲在他的学校里突然获得生命的故事，发生在科学实验室一次反常的爆炸之后。"

艾米丽问道："你还没说你的发现是什么？"

"嗯？"露丝还沉浸在深深的思考中。

"你说你有新的发现。"

"噢，是的，我不觉得那个发现有多重要，只不过相当有趣罢了。"她扫了艾米丽一眼，"但我以为你会在秋季集市上呢。"

"妈妈无法面对它。"

"很正常。"露丝从购物袋里拿出面包、牛奶和茶包，"对她来说太快了。可怜的家伙，她有时看起来完全迷失了自我。15年来她每天24小时地照顾着霍莉，现在她不知道自己该做些什么了。"

"她说她忘了如何睡觉，"艾米丽说，"她不停地醒来，因为她觉得霍莉在叫她。"

"母亲们习惯了被需要。"露丝长叹一声，"丹尼尔死后，没有人再像他那样需要我了，这让我很伤心。我不再是任何人的母亲了——这感觉就像被解雇了一样。"

"但你永远是丹尼尔的妈妈。"艾米丽还记得罗宾逊女士曾说过霍莉永远是她的姐姐，"没有什么能把她抹去。"

"我想你是对的，这是一种更好的看待事物的方式。"她又笑了，"不管怎样，我希望你不要因为错过了这次集市而不开心。"

"其实也还好，"艾米丽说，"霍莉在那儿的时候才有意思，而且我也正好有点想避开原来的好朋友。"

"你是说梅姿·米勒？别告诉我你俩闹翻了！"

"我们之间并没有争吵，或是别的什么。只是她似乎变得不认识我了，总之就是很奇怪。"

"真糟糕，"露丝说，"但不要把它当成是针对你个人的。当你家里有人去世时，人们可能会变得奇怪。我失去丹尼尔后，我一个亲密的朋友就不再和我说话了。如果她在街上看见我，她就会躲开。"

"为什么？"

"我想一定是我的悲伤吓坏了她，不过她终归还是熬过去了，梅姿小姐也会的——你俩在学校演出时，她一定会注意到你，对不对？"

"我想是吧。"艾米丽希望这是真的。她很怀念能与同龄人相互倾诉的感觉。

露丝把那只老熊熊从他所在的架子上拿下来："今晚我会把这家伙放在我能看到他的地方——如果我把他留在店里，我担心他会在橱窗里欢蹦乱跳。你真的看到他在动吗？"

"是的，而且那个小宝宝肯定也看到了。"

"魔法会不会是由于某种原因从斯莫克如泄露出来了？"露丝心不在焉地整理着诺迪一只摇摇晃晃的老耳朵上一根松了的线。"我禁不住想知道为什么这种事会发生在我们身上——尤其是你和我，我是说，"她突然扑哧一声大笑起来，"善良的老雨果——这么多年过去了，能见到他真是太好了！听着，既然你没有去医院集市，那么把你爸爸需要的那袋大米给他，就回来我这儿吧。"

"好的。"艾米丽很渴望能够好好聊聊魔法——你还能叫它什么呢？如果露丝遇见了雨果，也许她能设法爬过那扇破门，遇见布鲁伊，布鲁伊则会带她找到霍莉。她匆匆赶回家，把那袋米塞给爸爸。

"在梅姿家吗？"爸爸正坐在餐桌旁看报纸，眼里带着一种奇怪的睡意。

"不，爸爸，我在露丝家。"

艾米丽回来时露丝在厨房里。桌子上有一堆破烂的旧书，诺迪、雨果和斯米菲坐在梳妆台的一头。

艾米丽充满爱意地拍了拍每个玩具的头："他们现在就像脏兮兮的垫子一样——一想到他们能说会动就觉得很奇怪。"

"但我们都清楚我们看到了什么。"露丝在桌旁坐了下来，把那堆书的绝大部分挪到地板上，以便她和艾米丽能清楚地看到对方。"由于某种原因，你和我都产生了同样的幻觉——如果它们是的话。你昨晚回家后，我发现了一件非常有趣的事情。"

“你看到什么了吗？他们又动了吗？”

“你可能不喜欢听这个，”露丝说，“但我突然记起在哪儿听过‘斯莫克如’这个词了。”

“你一定听过我给霍莉讲故事。”艾米丽的心混杂着恐惧和兴奋急速地跳动着，“这个词是我编的。”

“不是你编的。”露丝拿起书堆顶上那本厚厚的书说，“是约翰·斯特普斯编的。”

“但是——”这不可能是真的，斯莫克如是属于她和霍莉的，而不是某个历史上的老作家的。

“他的小说里没有提到过，”露丝说，“这个词来自他的童年岁月。”那本书的名字叫《梦中的梦想家：约翰·斯特普斯的一生》。她翻开书来给艾米丽看了一张印有三个孩子的黑白照片——两个男孩穿着水手服，一个小女孩穿着白色蕾丝连衣裙。“约翰、威廉和玛丽·斯特普斯摄于1908年，在那棵著名的树下。‘斯莫克如’是约翰为讲述他们玩具的故事而创造的名字。”

她把书翻到印有另一张旧照片的页面，上面有三只古董玩具——一只铁皮猴、一头驴和一只浅色的小熊。下面的说明文字写道：“布洛基、莫基和菲金达·法拉维。”

“可我不明白！”艾米丽感到很困惑，还有些害怕，“我从来都没听说过那些玩具，所以我怎么会听说过斯莫克如呢？”

“你很可能在什么地方听到过这个词，”露丝说，“但这并不能解释你是怎么遇见雨果和斯米菲的。它连我们所看到的一半都没法解释——它只会增加神秘感。我想做一些认真的研究，因此我开始收集每一本讲述关于人类进入幻想世界的书。"

艾米丽仔细端详着那一摞书。

有些书是为人熟知的——《爱丽丝梦游仙境》《狮子、女巫和衣橱》《小熊维尼》。有些书很陌生，比如那本破旧而古老的《北风背后》，作者是位名叫乔治·麦克唐纳的人。

"但是我的研究并没有太多进展，"露丝继续说，"直到我想起了这事与斯特普斯的关联性，以及他童年的悲惨故事。如你所知，这家人住在你前好友梅姿家隔壁的房子里。在那些日子里，也就是二十世纪初，他们的房子被田野包围着。他们的父亲是一位严厉的老维多利亚时代的人，留着灰白的胡须，他们的母亲在生玛丽时去世了——那样的事在当时是很常见的。他们不能跟其他孩子一起玩，也没有去上学。"

"那样做不是违法的吗？"艾米丽常常希望她不用去上学。

"在那个年代不违法。他们的老师每天早上都来，让他们在做瑞典语练习的时候大声念乘法表。"

"啊！"就连海蒂·凯蒂也比那个好。

"孩子们逃进了他们虚构的斯莫克如世界，用心讲述着他们的玩具的冒险故事。就像你和霍莉一样。"

"还有你和丹尼尔，讲述着魔幻之境的故事。"艾米丽已经不再感觉惊慌了，而是变得非常好奇，"你们并没有像我们一样给它取同样的名字，但很明显那是同一个地方，就好像我们的想象力在互相渗透并混淆在了一起。"

"接下来的事情更奇怪，也更悲伤了。"露丝说，"约翰才九岁就被送进了寄宿学校。在他离开之前，他和弟弟发明了一个咒语，这样他们就可以每天晚上在梦中相见。"她补充道，"在斯莫克如。"

"咒语有用吗？"艾米丽依旧在等待着，期待着能在梦中与霍莉相见。

"约翰总是发誓说它非常管用，"露丝说，"即使是在他年老成名的时候。夜复一夜，这两个孤独的男孩通过梦境在魔幻之境里相聚，并以此来抚慰他们悲伤的心灵。"

艾米丽突然明白了这两个男孩为什么那么伤心了。一个想法突然出现在了她的脑海里，虽然她不知道它是从哪儿冒出来的："玛丽死了，是吗？"

"是啊，可怜的小东西，"露丝说，"他们都得了猩红热，玛丽就是死于这种病。她才有六岁。"

"太可怕了。"

"他们在一起的时光如此短暂，却又如此美妙而甜蜜。"

"对不起，你说什么？"

"这是一首诗，"露丝说，"死亡能让你理解所有关于死亡和垂死的著名诗歌。恋爱也是如此。"

"我很庆幸和霍莉在一起的时间比起六年来要长得多。"艾米丽说，"要不我也不会有那么多回忆了。"

"我必须得承认，这个故事让我痛哭流涕，虽然它发生在很久以前。猩红热爆发之后，斯特普斯家的房子必须得到彻底清扫和消毒。很多东西都要烧掉，包括孩子们的所有玩具。"

就像布鲁伊一样。

死去的姐妹和烧毁的玩具。

"但是几年前曾流传着一个故事，"露丝说，"有人发现了约翰·斯特普斯在他年老时写的一封信，信中他声称自己把他最心爱的几个玩具从火中救了出来，并把它们藏在了安全的地方，但他没说在哪儿。"

"你认为他会是现在正发生的这一切的原因吗？"

"嗯，除了我们两家离他的房子都很近之外，我们之间还有一个非常明显的共通之处。我们都失去了心爱的人。并且我们都愿意付出一切来与他们再次相见，在我们最快乐的地方。"

艾米丽感到一阵兴奋的刺痛。

约翰和他弟弟找到了进入斯莫克如的方法。

"我们需要那个咒语！"

这样世界就不会那么糟糕了，如果我知道每天晚上都能梦见霍莉和布鲁伊的话。

屋后传来了重重的敲门声。爸爸来叫艾米丽回去吃晚饭了："它已经在餐桌上等候多时了。而且我不得不说，我为此感到相当骄傲。"

"嗨，罗伯，"露丝说，"你袖子里漏出来的是什么东西？"

艾米丽看到爸爸的牛仔夹克袖子上粘着一层彩色的小颗粒，每次他一走动，这些小颗粒就会抖落下来。她从桌上捡了一颗尝了尝："着色珠子糖？我还以为你在做素食辣椒呢。"

"你是说我吗？"爸爸微笑着说，眉宇间流露着一种怪异而遥远的神情，"辣椒？不，我做了一个大大的红果冻，里面有蛋奶沙司和奶油，还有着色珠子糖。"

"果冻？艾米丽已经好几年没吃果冻了，但她的很多斯莫克如的故事都与果冻有关。玩具们有一项叫做果冻跳跃的运动，布鲁伊曾经是世界冠军。

"我不知道我这是怎么了，"爸爸说，"我忘了做别的东西了。"

露丝严肃地看着他："你做了布丁，却忘了晚饭？"她对艾米丽扬了扬眉毛，显然，对她俩而言，这更多的只能是一种称为魔法的东西。

"哦，亲爱的，"他眨了好几下眼睛，"我们还是叫外卖好了——我到底为什么要那么做？我甚至都不喜欢果冻！"

爸爸在回家的路上握紧了艾米丽的手，他很久没这么做了。他的手温暖而有力。

她听见他在黑暗中轻轻地笑了："晚饭只吃果冻——她会喜欢的，不是吗？"

"是的，"艾米丽说，"你得给她'果冻晃'。"这是爸爸专为霍莉发明的让她笑起来浑身摇晃的挠痒痒法。

"有时候，当我在做饭的时候，"爸爸说，"我会假装她就在那儿。我假装她就在我背后，我只需要一转身就能看到她。"

他捏了捏她的手，而艾米丽也回捏了下他的手。

8

卧室里的争战

　　"小鸡和蛋蛋。"一个清脆的声音说道，"我满背都是，用那种洗不掉的黑色记号笔写的。"

　　"嗷，别跟我提小鸡！"另一个高亢的声音说道，"我主人的哥哥在我身上画了只小鸡——用的是亮紫色的墨水！"

　　"我的伤疤是文字，不是图片，"一个低沉的声音说，"'牛奶，牛奶，柠檬水，拐角处有巧克力堆。'嗯，你们都知道。我的主人觉得它很搞笑。"

　　艾米丽睁开了眼睛。虽然灯是关着的，但她的房间却充满了伴随玩具们来到这个物质世界的那种苍白的、超越尘世的光芒，一阵幸福的喜悦涌上艾米丽的心头。

　　"雨果？斯米菲？"她坐了起来。

　　"他们今天不在这儿。"漂亮修女从羽绒被的一处褶皱后面钻了出来，"这是我新成立的一个自助小组，专为那些被涂鸦过的玩具而设立的。软熊和企鹅不可能理解涂鸦带给我们的极度悲伤！"

"悲伤？在斯莫克如？但那是不可能的！"

艾米丽把灯扭开，以便更好地端详她床尾那群一节节的矮小的人群——两个修女，另外还有七个芭比娃娃和两个部队里的人物。虽然她已经习惯了这一切，但看到这些奇怪的玩具们转着他们的塑料脑袋看向她时，还是感到难以置信。

其中的一个芭比问道："这个人类在这儿干吗？"

"老实说，我不知道。"漂亮修女说，"这一切都很令人费解——试着忽略她就是了。"

一声被包裹住的尖叫，有人从床上掉了下来。

"又来了！"漂亮修女不耐烦地转动着眼睛，"太普修女，别胡闹了！你本来应该在分发点心的！"

"也许你应该让她把袋子从头上拿下来，"艾米丽提议道，"她什么都看不见。"

"噢，好吧！不过我得问问大家，免得他们都嫉妒她。"

"只有你会嫉妒，"另一个芭比娃娃说，"我们都不觉得有什么。"

美丽无辜的太普躺在地毯上，周围满是像圣诞树上的灯串一样的小圆点。艾米丽从床上探出身子，凑近看了看，发现那是一些小蛋糕，当她伸手想摸一下时，它们就"嘭"的一声化作一团闪光不见了。她抱起太普，把她放回羽绒被上，然后把她头上的袋子扯了下来。

"谢谢你，艾米丽！"太普修女气喘吁吁地说。

"瞧，发生了什么事？"一个士兵人偶生气地站了起来。"我还以为我们是在尖尖头你的后花园里，而不是什么人类的卧室！"

"哦，别担心艾米丽，"漂亮修女轻快地说，"她属于好的人类。"

"如果她真有这么好，为什么她房间里的玩具都死气沉沉的？"他指着最上面的一个架子，上面放着所有艾米丽收到的毛绒玩具礼物。

她抬头看向它们，心里满是内疚。她喜欢它们，但却从来没有真正和它们一起玩过。她明白那个被涂鸦的士兵为什么要说它们是"死气沉沉的"。它们只是一堆皮毛和填充物，没有魔力的生机。

"很多人类都有这种玩具，"漂亮修女说，"这只意味着它们还没有被想象出来。但艾米丽想象出了布鲁伊。"

"布鲁伊？那就另当别论了。"他重新坐了下来。

"他是你的朋友吗？"艾米丽突然十分渴望能够在摆放霍莉轮椅的老地方看到布鲁伊。

"是的，今早在邮局排队的时候，他愉快地向我挥了挥手。"

艾米丽不记得斯莫克如有什么邮局了——但还没等她来得及问更多的问题，只听一声巨响，仿佛一个大气球爆炸了似的，一团厚厚的粉红色棉花糖似的烟雾出现在地毯上。烟雾渐渐消散，露出了那个条纹小帐篷，还有雨果和斯米菲。

"这是最后一根吸管了，"漂亮修女说，她的塑料脸拧成一团，"他们在这儿干吗？"

"大伙儿，快跟上！"雨果一本正经地喊道，"找到你们的同伴！"

帐篷的门帘打开了，两只软绵绵的企鹅走了出来，随后跟着两只，然后又是两只，直到艾米丽卧室的地板上挤满了玩具企鹅。它们不停地叫着，吼着，到处转着，长长的喙忙不迭地张张合合。

"嘘——你们会吵醒我爸妈的！"她从床上跳了起来，本能地想在爸爸妈妈来她房间里看到玩具之前，把他们挡在楼梯平台上。她真不知该如何解释这样的吵闹声。

楼梯平台空无一人，还好，爸爸妈妈仍然在他们的卧室门后熟睡着。艾米丽小心翼翼地跨过布满柔软企鹅的地毯，爬回床上享受这样的乐趣。

哦，这简直太搞笑了——我是多么怀念那些搞笑的
日子！

"我们先从《企鹅波尔卡》开始吧。斯米菲，我一摇脚蹼就把音乐打开。"

"好的，雨果。"斯米菲是这群企鹅中唯一不是企鹅的，他正在摆弄着半个旧的维他麦包装袋，包装袋被涂成了收音机的模样。

"我说！"漂亮修女大叫着跑到艾米丽的床尾："你们在这儿干什么？简直是太可恶了！马上走开——那只可恶的蟾蜍把大家都弄得这么无礼。"

企鹅们看见了她，便发出一阵轰鸣和尖叫。

"你们又在这儿干吗？"雨果反问道，"这是企鹅协会的舞厅，你打断了我们的舞蹈排练。"

修女芭比跺着脚道："胡说八道！我们来到了艾米丽的卧室——是你们打断了我们对涂鸦行为的集体治疗！"

"艾米丽的卧室？"雨果愤怒地环顾四周，"哦，商标！我把舞厅订到六点钟！"

"你竟敢骂我！"漂亮修女尖叫着说，"都怪你家花园的那扇破门——我还以为这是'贝兹—芭比'社交俱乐部呢！"

"打扰一下。"艾米丽突然被一个新奇的想法迷住了，"如果那扇破门通向我的卧室，那是不是意味着我可以从这边进入斯莫克如？"

"活着的人是不能进来的，除非在他们的想象中。"漂亮修女温柔而坚定地回答道，"这肯定是不可能的。"

'好吧。你能让我看看你们是怎么回斯莫克如的吗？"也许她根本不需要约翰的咒语，漂亮修女说这是不可能的，但她只是一个塑料娃娃。

"从那顶小帐篷，亲爱的，也就是光芒出现的地方。"

"哦。"那顶条纹帐篷实在是太小了——完全不够一个人类进去。

但还是值得一试。不管怎么说，兔子洞对于爱丽丝
而言也没有显得太小啊。

　　她仔细地打量着玩具们，等待着他们决定离开的那一刻。她
终于在舞会结束时等来了这一刻。企鹅们互相鞠躬，然后整齐地
跳进条纹帐篷。漂亮修女和她的自助小组从床上跳了下来，站在
队伍的最后。
　　艾米丽跪在玩具后面的地毯上。从蹲着的地方，她看到了帐
篷的垂布和从里面发出的静谧的白色光芒明亮而稳定。队伍移动
得很快。如果她保持这个靠近的姿势，她便可以在玩具消失之前
把头伸进帐篷里，兴许这就足够了。

　　希望这么做会有用！为什么会没用呢？
　　爱丽丝发现了一只写着“喝我”的瓶子，她喝了之
后就缩小了——请让我也找到这样的东西吧！

　　她紧跟着最后一个玩具扑了过去，有那么一瞬间，一阵强光
让她感觉眼前一片眩晕——
　　然后便是清晨，艾米丽醒来发现自己脸朝下趴在地毯上，一
只手不知在向前够着什么。

★

"你们现在已经不是小学生了，"路易斯夫人说，"现在正是教育变得严肃的时期。我期待成熟的行为和勤奋的学习。我知道你们都觉得考试还在遥远的未来，但准备工作应该从现在做起。这么多的作业都是敷衍了事，简直是一种耻辱。"

路易斯太太一把年纪头发花白，性情强硬，连女校长似乎都有点怕她。在她的课上，想在布鲁伊之书里写任何东西都是不可能的。她是那种一眼就能把你看穿的老师。

"你们有些人根本就没有做出任何努力。很明显，你的注意力一点都没有放在课堂上（看在上帝的份上，别再说话了，梅姿·米勒）。好吧，我警告你们所有白日做梦的人（是的，说的就是你们，安泊尔·弗洛斯特和艾米丽·哈丁），在我上课的时候不许打瞌睡，非常感谢。不要再讲笑话或者傻笑了，玛莎·毕晓普。"

"路易斯太太真是个女巫，"玛莎过后说道，"我并没有傻笑——我的脸看起来就是这样。这也不是我的错，我天生就有一张笑嘻嘻的脸。"

吃午饭时，玛莎一屁股坐在了艾米丽身旁。她认定艾米丽是她的朋友，不会因为艾米丽长时间的沉默或执迷地在布鲁伊之书中乱涂乱画而退缩，艾米丽也找不到不喜欢她的理由。

"我真希望你去了周六的医院集市，"玛莎说，"我到处找你。但是我妈妈说我不应该因为你不来而感到惊讶。她说由于你姐姐的缘故可能会让你太伤心。"

这样说可能有些不妥，但艾米丽丝毫没有介意——玛莎松鼠般喋喋不休的特质从没让她感到过痛苦。

"哦，集市太有趣了——我中了头彩，赢了六打啤酒！"当我上去领奖的时候，每个人都笑了，我不得不把它卖给我的叔叔。妈妈说我必须在集市上把钱花了，因为活动是为了慈善而举办的——所以我在玩具摊买了一只非常可爱的小熊。"

"一只小熊？"

"我知道，我知道，对于我这么大的人来说毛绒玩具是有些幼稚了！但如果我不选那个的话就得选浴盐。况且这只熊熊还蛮特别的。"玛莎打开背包，艾米丽看到一只淡黄色皮毛的小泰迪熊。"她的名字叫皮帕。"

"但那是——我的意思是——"艾米丽不得不中断她险些脱口而出的话，她曾经见到过皮帕。

"我昨晚做了一个关于她的很搞笑的梦，"玛莎说："我只记得好像跟缝纫有关。"

"希慕。"艾米丽说。

"对，就是它——希慕。"

玛莎压根不知道自己买了一个著名的希慕-莱特女孩。

9

实　验

　　"再过两个星期就是我的生日了，就在期中开始的时候，"第二天吃午饭时坞莎说，"我要举行一个通宵派对。不管怎样都得过夜，因为我们家的房子前不着村后不着店的。"

　　玛莎家住在波顿小镇外几英里的一个农场里，那里是真正的乡村开始的地方。

　　"我希望你能来，顺便说一下。"

　　"我不确定。我想我会来的。"艾米丽意识到这听起来很粗鲁，马上补充道，"谢谢。"她一直在想皮帕，真奇怪，玛莎居然拥有了一只黄色的小希慕-莱特熊。

　　"我来画张地图告诉你怎么到那儿。我还会邀请很多我以前小学的同学来，但是不用担心你一个人都不认识——两个安也会来。

　　"我喜欢通宵派对。"安泊尔·弗洛斯特说。

　　"只要是派对我都喜欢。"安泊尔·琼斯说。

两个安泊尔经常和玛莎一同出现，艾米丽开始注意她们并且也很乐意和她们在一起。她们虽然都叫安泊尔，但差别却很大。安泊尔·弗洛斯特又高又瘦，有一头棕色的爆炸式短发，鼻子上架着一副厚厚的眼镜，浑身散发着梦幻的气息（她是路易斯夫人在"反白日梦运动"中所针对的另一个白日做梦的人）。安泊尔·琼斯则又矮又壮，活泼机灵，粉红的脸颊上嵌着一双闪闪发光的黑眼睛。

"如果你们不知道该送我什么生日礼物的话，"玛莎说，"我很乐意接受图书礼券。"

"图书礼券？你确定？"安泊尔·琼斯做了个鬼脸说，"你难道不想要巧克力、化妆品或别的什么东西吗？"

"确定！我喜欢收集一大堆图书礼券作为生日礼物和圣诞节礼物，然后我会到书店疯狂地挥霍一番——去年我用了两个大塑料袋来装书。"

那是午餐后的休息时间，她们都在教室里，围坐在玛莎桌子旁靠近暖气的地方。

艾米丽和梅姿、夏茉她们那一帮爱炫耀的人在同一张桌子上吃了午饭，原因很简单，其他桌子都已经坐满了——而她以前最好的朋友竟然转过身去背对着她，好像艾米丽做错了什么似的。她想起露丝说过人们会被太多的悲伤吓到，但她仍然感觉很糟糕，于是跑到空荡荡的教室里哭了。

但这时，玛莎和安泊尔她们走了进来，她们满脑子都是生日通宵派对，无暇顾及其他事情。教室里坐满了人，每个人的注意力都转移到了剧本上。他们正要开启另一场排练。令艾米丽有些意外的是，她居然很享受扮演爱丽丝的过程——也许是因为她们有很多共同点。当爱丽丝掉进兔子洞，来到仙境时，艾米丽想象着如果她能成功到达斯莫克如，她会有什么样的感觉。罗宾逊女士说她的表演"非常有感染力"。

"我把台词都背会了，"玛莎说，"不算太难，我只需要说一句'我迟到了'！"

"我觉得我的也记住啦。"扮演毛毛虫的安泊尔·弗洛斯特说。她捅了捅艾米丽问，"你呢？"

"我也快了。"艾米丽说。（事实上，她已经把台词背得几近完美了。当她没有把精力放在霍莉和梅姿身上时，学几句台词再容易不过了。）

"一天到晚爱丽丝爱丽丝的，我头都大了。"玛莎带着她标志性的傻笑说，"昨天晚上，我做了一个可笑的梦，梦见我在一个奇怪的茶话会上——但我看到的不是睡鼠和疯子，而是我在医院集市得到的那只黄色的小熊。多么荒唐啊！"

两个安泊尔都笑了起来，艾米丽也想加入她们，然而她的每个感官都被惊讶刺痛了。

这么说玛莎也看到来自斯莫克如的事物了。

*

"嗯，那听起来确实很像斯莫克如，"露丝说，"魔法一定是从那扇破门里流出来的。它已经变得无处不在了！"

又到了周四，露丝的心情有些古怪，心不在焉，含糊其词的，好像在隐瞒着什么。

"你又看到什么了吗？诺迪又动了吗？"

"没有，今天这儿安静极了。"露丝说，"我一直在忙着做更多的研究。"

"然后呢？"

"我确实发现了一些东西。事情相当复杂——等一下，等我忙完，我们再好好谈谈。"

她把门上"正在营业"的牌子换成了"停止营业"，她们走进了厨房，此刻的厨房比以往任何时候都要乱。桌子上堆着更多的旧书，梳妆台的顶部覆盖着看起来像是从花园里拔来的青草和小土块。

"如果你想笑的话，你可以笑，"露丝说，"但长话短说，我一直在试着施一个魔法。"

"你说什么？"

"你知道的——就像女巫一样。"

"你找到约翰的魔法咒语啦？"艾米丽热切地喊叫起来，"那个让他梦见斯莫克如的魔法咒语？"

"好吧，是的。"

"你试了吗？有用吗？"

"没那么快——是的，我找到了咒语，把大部分的配料都搜集齐了。"露丝在桌旁坐下，下意识地顺手打开了一大袋巧克力豆，"我一直在尽可能多地了解斯特普斯的孩子们。网上能找到的东西还远远不够，传记也不够——但我突然想起几年前我买了约翰·斯特普斯的信件集。有厚厚的三大卷，因为太潮湿了，卖不出去，所以我把它们藏在了地窖里。昨天晚上我去那儿——拿着一支手电筒，连裤袜也被勾坏了——去取那本夹着他小时候信件的书。"

"咒语就在他写给弟弟的信里吧？他的名字叫什么来着？"

"是的——威廉。你总是要快我几步。"露丝打开一本厚厚的书，桌上弥漫出一股潮湿发霉的气味，"原料很简单——花园里的草和泥土，再加上一滴血。"

艾米丽颤抖了一下："真的血？"

"我的血，"露丝坚定地说，"假定我是主要的施咒者，约翰就是这么称呼自己的。"她照着书念道：

"取十根两英寸长的青草和一茶匙花园里的泥土。把它们和一品脱的水一起放进平底锅里。当水开始沸腾时，主要施咒者必须用针刺破拇指，然后往混合物中挤一大滴血。与此同时，主要施咒者和辅助施咒者必须齐声大喊：'献给斯莫克如！斯莫克如！斯莫克如！'"

她补充道："我还没有试呢。魔法咒语需要两个人，所以我得等你一起。但坦白说，我对是否做这件事还举棋不定。"

"但是我们必须完成它！"这是一个巨大的突破，艾米丽不能容忍错过任何一个去斯莫克如的机会，"我可以来当那个主要的什么来着，如果你不喜欢血的话——只是我们现在绝不能回头！"

"哦，不。"露丝突然表现出了一副成年人的模样，坚定而严肃，"你不可以流血！那是我该做的。但我认为这样做行不通。"

"你怎么知道行不通。滴进血之后要做什么？"

"睡前服用一茶匙这种混合物，然后平躺在床上，双臂放在身体两侧背诵这首歌谣。"露丝照着书上写的念了出来——

> 神奇的高山，幽深的峡谷，
> 让我在睡梦中看见你！
> 带我去那片可以和我的玩具们
> 相见的甜美草地吧！

她们都沉默了一会儿。艾米丽在脑海中迅速地过了一遍那首押韵诗。"就这些吗？我以为会比这个复杂得多。"

"我也是——但约翰说这么做就够了。"

"那我们今晚就试试看吧？"

"还不是时候。"露丝说，"我觉得最好还是我一个人来做这件事，至少第一次得这样。"

"为什么？"这让艾米丽刚刚燃起的希望又被浇灭了，"难道这个配方有毒吗？还是因为别的什么？"

"哦，不，这些成分本身是很安全的。让我担心的是那些魔法的成分。我们对它知之甚少。想想看，如果有什么不好的事情发生在你身上会是什么样子。"露丝一边嚼着巧克力豆，一边无比严肃地说，"我没法向你父母解释。"

"他们不需要知道这件事。"

"如果事情出了岔子他们自然会知道的。"露丝说，"让他们歇会儿吧，他们已经失去一个孩子了。"

"好啦，它又不会杀了我！"

"艾米丽，我们已经足够多地见识'魔法'的真实性。我们应该怀着至高的敬意来对待这个魔法咒语。"

"但如果是一个人的话魔法可能会失效的。"

"或许吧，但如果什么效果都没有的话，我们可以另想办法。而现在我必须确保万无一失。"

"哦，好吧。"虽然被排除在实验之外让她有些恼怒，但艾米丽不得不承认这么做不无道理。一想到爸爸妈妈可能就此被留在空荡荡的房子里，陪伴他们的只有他们对深爱的女孩们的回忆，她就觉得很可怕。"但你会没事的，对吗？"她突然为露丝担心起来，想到她那可能变得空荡荡的店铺，也觉得同样可怕。既然黑蟾蜍闯进了斯莫克如，它似乎也就不再是个安全的地方了。

"哦，我不会有事的，"露丝说，"我就是一只结实的老靴子。"

"那么……我们第一步该做什么呢？"

"你是认真的，对不对？"露丝叹了口气，但她还是微笑着，"好吧，好吧，你先把那些草叶整理一下，我用开水给针消消毒。"

艾米丽比着尺子找出了十根两英寸长的青草，把它们整齐地放在一个干净的盘子里。露丝量出一品脱水倒进炉子上的平底锅里。然后，她把青草和一茶匙从花园取来的看起来最好的泥土放了进去。

"现在我们就等着它沸腾起来。"

她们开始咯咯笑起来，但那只是因为她们太激动了。

仿佛等了几个世纪，平底锅里才冒了第一个泡。露丝找到她的针，把它放进电水壶的蒸汽里。

"来吧——如果你会晕血的话，现在就把目光移开——哎哟！"她把针扎进拇指，只见一颗肥厚的血珠掉进了滚烫的水里。她们一起高喊："献给斯莫克如！斯莫克如！斯莫克如！"

她们不再咯咯地笑了，而是屏息静气地望向锅里。

"好啦，就这些。"露丝说，"我们的第一锅魔法药水完成啦。"

就在艾米丽的妈妈快下班回来的时候，魔法药水完成了。她们的魔法药水看起来只是漂着几根青草的寻常脏水。

这脏水真能让露丝梦见斯莫克如吗？艾米丽有一种强烈的感觉——是可能的，不知怎的，它看起来很强大。

"好吧，就一小勺不会把我怎样的。"露丝小心地嗅了嗅这锅混合药水，"想象一下如果成功了——想象一下！"她的眼睛里闪烁着希冀和渴望，"只要能在梦中见他一面就足够了！"

重重的敲门声让露丝安静了下来。

"那是妈妈，"艾米丽说，"祝你好运——把一切都告诉我——还有请一定小心！"

10

走进西卡莫

艾米丽上床睡觉的时候无法抗拒地想要试试哪怕只是魔法咒语的一小部分——万一魔法正好从隔壁的房子泄露进来了呢。她关掉灯，仰面躺下，双臂放在身体两侧，轻轻地念起了那首歌谣：

> 神奇的高山，幽深的峡谷，
> 让我在睡梦中看见你！
> 带我去那片可以和我的玩具们
> 相见的甜美草地吧！

只要我足够想的话，我就能看到霍莉。

尽管如此，艾米丽还是不知不觉地睡着了。她在半夜醒了过来。她有了那种见到玩具们时的独特的感觉——一阵幸福的涌动如此强烈，就如同恐惧一般。

"雨果？"

她努力寻找那顶小帐篷，可她的房间却黑暗而沉寂。

"漂亮修女？"

楼下客厅里传来了声响——一阵喃喃的说话声，接着是一阵音乐声。艾米丽下了床，套上睡袍，走到楼梯口。她的父母睡得正香，她听见爸爸在卧室门后打着鼾。她蹑手蹑脚地来到楼下。彩色的灯光洒进大厅，仿佛凝结了一千个圣诞节的精华。

客厅里满是耀眼的色彩，如此鲜亮，以至于艾米丽不得不半闭眼睛数秒才能勉强看清些东西。

光线是从电视里发出来的，它自动打开了。

玩具们的电视节目！

伴随着一阵喜悦的眩晕，艾米丽一屁股坐到沙发上观看起来。屏幕上放映的是玩具们在树木、花朵和阳光的映衬下跳着舞。令人难以置信的是，她看到的正是斯莫克如的景象——它比她想象中的还要美。虽然没有看到霍莉和布鲁伊的身影，但艾米丽知道他们就在那里。

正如我跟你说过的——永远是夏天，除非是圣诞节！

屏幕上的画面切换成了一个蓝色大瓶子的特写镜头，一个欢快的声音开始唱道：

我是一只忍受着剧烈考（咳）嗽的熊熊，

我考（咳）得如此剧烈以至于我的耳朵都被吹到（掉）了，

直到一个善良的朋友告诉我该做什么——

他说熊熊止考（咳）露就是为你而造的！

然后，一只面带微笑的熊熊（她似乎一点也不为自己的脸上粘着一团陈年的人类口香糖而难为情）从瓶子里舀了一勺蓝色液体。

熊熊咳嗽药广告？这也太疯狂了——玩具怎么会咳嗽。艾米丽在心里记下了要问露丝关于熊熊咳嗽露的事，然后更舒服地坐了回来。这些广告（有很多这样的广告；而比起真正的电视节目，玩具们好像更喜欢它们）真是太滑稽了。

"这是汉克老爸糖浆屋的糖浆周！"

"让你的派对即刻开启——一起扔馅饼吧！"

"你有轮子吗？快试试汤普森的苏格兰糖果黄油，把那些令人尴尬的吱吱声赶走吧！"

"颜色很漂亮但质量却很差"——玩具们总是忘了他们的台词，而主题曲有时也只是某人在哼唱。

"现在，"主持人说，"对已公布的节目做个更正。接下来本是一个很受欢迎的游戏节目，名叫'邮寄你的胳膊'，但斯德维禁止了这个节目，称银行假日'邮寄你的头'的挑战太荒唐了，斯莫克如邮局无法处理所有这些额外产生的包裹。

艾米丽原本一直愉悦地沉醉其中，但当她听到有人提起斯德维时，就彻底清醒了过来。

如果它能干涉电视，为什么就不能对付邪恶的蟾蜍呢？

"现在播放一个全新的系列，"主持人继续说，"展示斯莫克如一个普通的寄宿公寓里的日常生活——走进西卡莫。"

"西卡莫！"艾米丽笔直地坐了起来。这是她做梦也想不到的——那所著名的寄宿公寓。

屏幕上展现出了一个耀眼的夏日花园和一堆色彩鲜艳的垃圾。

不，等一等……

几秒钟后艾米丽便发现由纸板和胶带混乱构成的并不是垃圾，而是西卡莫本身，以及它文雅的住户和私人果冻泳池。

画面切换到了一张为人熟知的企鹅的脸："欢迎来到西卡莫！"

"雨果！"艾米丽喘着气说道。

近距离观察雨果惊讶的表情确实是很奇怪。他对着镜头皱了一会儿眉头，然后笑了："噢，你好艾米丽。"

"你能看到我吗？"

"我当然能看到啦——你就在我们厨房的电视里。"

"我上电视啦？"这更加奇怪了，"你们也是——我的意思是，那就是为什么我能看到你们。"

"好吧，我很高兴你收看到了。"雨果说，"现在请原谅，我得照顾下我的观众了。女士们先生们，我的名字叫雨果，我是企鹅协会的主席和尖尖头的市长。这只起毛球的熊熊是我最好的朋友斯米菲。当我们的主人离开物质世界的时候，我们搬到了斯莫克如，并决定把我们漂亮的公寓改成供我们这样的独立玩具寄宿的公寓——天哪！"企鹅突然朝镜头外看去，惊讶地张大了嘴，"这真是个惊喜！你是怎么到这儿来的？"

镜头拉向后面展现出了整个房间，艾米丽差点儿从沙发上跌下来："露丝？"

这是一个不可思议的景象。露丝坐在厨房里的一张桌子旁，四周贴有交错花朵条纹的壁纸。露丝作为一个人类，比玩具要大得多，但不知是她变小了，还是雨果和斯米菲变大了，以至于她可以舒服地融入其中，却没有撑破硬纸板做的墙壁。

"嗨，艾米丽，"露丝开心地说道，"是不是太美妙啦？"

"露丝……哦我的天——成功啦！魔法咒语起效啦！"

"看起来确实是这样。我在睡觉之前完成了整个冗长的程序，接下来我就发现，我在这儿啦！"

艾米丽走近了屏幕，希望自己能一头扎进去，和露丝一样进到画面里。艾米丽看到一扇大窗户以及窗外那个美丽的花园。

花园的那一边会有什么？布鲁伊？霍莉？

"我还没有到外面去过呢，"露丝说，"魔法——或者别的什么——不让我这么做。每当我试图走出去，就又回到了这里。

不过我玩得很开心——斯米菲从棉花糖树上摘了一些新鲜的棉花糖给我。"

露丝突然停住并大声咳嗽起来。

"喝点熊熊止咳露吧。"那只熊打开橱柜，拿出一只蓝色的瓶子放在桌上，"我知道你不是熊，但它可能对人类也有用。"

"熊熊止咳露？我的另一项发明！"露丝吃吃地笑了，"我在丹尼尔七岁时发明了它，当时他咳得很厉害。所以斯米菲也得咳嗽，才能与他做伴——尽管玩具是不会咳嗽的。丹尼尔讨厌他的药味，所以他决定斯米菲的药必须是世界上最美味的东西：一种由巧克力、金色糖浆和棉花糖组成的奇妙混合物——都是他最喜欢的味道。"

她再次咳了起来，艾米丽则感到一阵不安。

"露丝，你在哪儿——到底？"

"我在雨果和斯米菲的厨房里，"露丝高兴地说——而且上气不接下气，她拍了拍斯米菲的头，"这里真是太美了，艾米丽，下次你也可以一起来！"

"我的意思是……你的身体在哪儿？你睡在家里吗？"

"嘘！"露丝说，"别忘了我们在上电视呢。"

雨果朝镜头迈了一步，"露丝是一个来自物质世界的人类，"他严肃地对观众们说，"我不知道她是怎么进来的。"

"嘿，雨果！"一个刺耳的声音喊道，"四点十分了！"

那声音是从墙上一只布谷鸟大钟里发出来的。艾米丽的奶奶有一只布谷鸟钟，所以她知道布谷鸟应该从一对小门里钻出来，用悦耳的声音报时。而这只布谷鸟却只是把它的小木头脑袋从门里伸出来，而且压根就没想过要让自己的声音听起来悦耳一些。

"过十分了！你又迟到啦，"雨果生气地说，"你刚才去哪儿啦？"

"堵在路上了。这会儿是交通高峰期。"布谷鸟消失了，把那两扇小门重重地摔在身后。

"我要炒了那只没用的笨鸟！"雨果怒气冲冲地说，"我告诉过他，四点整！"

"至少这次他亲自来了。"斯米菲说，"我可不喜欢他让他的朋友去做这件事。上周，一只完全陌生的塑料蜥蜴突然冒了出来，我震惊得连松饼都掉在了地上。"

"快，我来扫地——你把那些涂色书和蜡笔收拾一下。"那只唠叨的企鹅突然握着一把扫帚，"我们的德国房客醒了——你知道他总是会在醒来后喝茶！"

"他很重要，"斯米菲对露丝解释道，"我们不知道他到底是做什么的，因为这是个秘密。尽管实际上他大部分时间都在睡觉。"

雨果和斯米菲连忙把最后一点儿东西收拾干净。

艾米丽原本就对那个德国房客充满了好奇，此刻她看到，在屏幕的一角，一只古老的熊正缓缓地从楼梯上下来。

不一会儿工夫他便来到了厨房——一只高大的有着长鼻子和红棕色皮毛的熊熊。他的身体状况很好，一根针线也没少，但他的确已经很老了，他的皮毛斑驳而且还褪了色。

德国房客打了个哈欠说："晚上好。"

雨果和斯米菲说："晚上好。"

"我会在我的房间里吃晚饭——一个小的黑巧克力复活节煮蛋，两片薄薄的浓巧克力烤蛋糕。"突然，这位德国房客惊慌地直视镜头，"告诉露丝她的房子着火了。"

11

火

屏幕一片空白，客厅陷入了黑暗之中。

"露丝！"艾米丽跳了起来，可怕的眩晕让她一时间手足无措。叫醒爸爸妈妈？不，来不及了，如果这一切是真的的话——但这一切是真的吗？她还光着脚，而拖鞋和她所有的鞋子都在楼上。她冲出房子，冲到黑暗的街道上，冰冷粗糙的地面硌得她发出阵阵呻吟。

她原以为巴克斯通·往事随风会燃起熊熊大火——但街上的一切都安定而平静。

艾米丽透过商店的橱窗朝里面仔细张望，看上去一切正常。

那一切都不是真的。我竟然听信了一只来自想象世界的熊熊的话。

她如释重负，甚至为自己是这样一个傻瓜而感到可笑。

为了确保万无一失，她绕到露丝的后门，通过信箱朝里面看了看。

就在这一刻，楼上的烟雾报警器"哔哔"地响了起来。

"露丝！"艾米丽使劲敲打着大门，拼尽全力大声喊叫着，"露丝——醒醒——着火了！露丝！"

她冲回家给消防队打了电话并叫醒了她的父母。两辆巨大的消防车和一辆救护车几分钟后到达了。这场景就和霍莉需要紧急救助时一样，街上警灯闪烁，唯一不同的是这次戏剧性的一幕发生在隔壁。

他们发现露丝楼上的锅炉柜里喷出了火苗，把整座房子都熏得烟雾缭绕。

露丝因吸入浓烟而失去了知觉，不过她在两名消防员用厨房椅子将她抬下楼时醒了过来。她昏昏沉沉，一头雾水，惊讶地发现自己正坐在店外的人行道上。

她咳了几分钟，然后大口大口地呼吸着夜间的冷空气。

"你还好吧？"艾米丽跪在她身旁。

露丝尖声叫道："那个德国房客！"

"你说什么？"艾米丽的妈妈问，"你是说波奇吗？别为他担心，他在我们的小屋后面生闷气呢。"妈妈很擅长应对紧急情况。她把毯子披在露丝肩上，给她端来一杯甜茶："保持深呼吸，多吸一些新鲜空气。真是难以想象你是多么幸运——如果艾米丽没有醒来听到你的烟雾报警器……"

"谢谢你，艾米丽，"露丝说，"我相信是你挽救了我的生命。"她把她拉近自己并小声说道，"不怪锅炉——我们再也不能这么做了！"

她们被消防员和医护人员簇拥着（还有巴克斯通的警车和几个端着茶盘的邻居），露丝没法接着往下说了。虽然艾米丽的舌头被一堆问题憋得发痒，但她知道她得等到露丝单独和她在一起时再问。

★

第二天下午，艾米丽正在厨房做作业的时候，露丝敲了敲后门上的玻璃窗。

"你父母在吗？"

"妈妈去伦敦购物了，"艾米丽说，"爸爸在车库里忙活呢。"

"那就好。"

"你好吗？"

"我很好，尤其是现在我得知保险将赔偿我的锅炉费用。"露丝端着一个大花盆，花盆里满溢着绿叶。她将它放在厨房的桌上，房间里顿时充满了户外的清新气息。这是为答谢昨晚的事而送给你的一件小礼物。之前它原本是在为霍莉制作的迷你芳草花园里。

"我记得的，"艾米丽说，"室内香气花园。"

"就是它——每样都有一种香气。有柠檬百里香、罗勒、迷迭香和薄荷。露丝摘下一片薄荷叶，用手指捻碎后放到艾米丽的鼻子底下，带给她一缕牙膏般的清凉气味。"她死后我继续养着它，今早看到它在我的温室里是如此漂亮，因此我觉得我应该把它送给你。我会帮你做一些保养的工作。建议你把它放在窗台上。"

叶片的形状各异——圆的、尖的、椭圆的，绿色也都深深浅浅，各不相同。露丝是个有名的好园丁，她经常带各种叶子和花来给霍莉嗅。她那散发着香气的花园布置得很漂亮，就像一座微型的森林。

但是足以让布鲁伊迷失其中了。

"它很可爱，"艾米丽说，"可你根本不必谢我啊。"

"你信了那个德国房客的话。有些人会把这一切当作一场梦，然后回去睡觉。如果你昨晚那样做的话，我就会死掉，我的商店也会被烧为灰烬。"

想一想还是令人后怕。"商店还好吗？"艾米丽问道。

"还好——我今天关门是因为楼上有烟味。"

"真奇怪，烟雾报警器在我到了之后才响起来。"艾米丽说，"我不得不撒几个谎来解释为什么你的锅炉出问题的时候我恰好在那里。"

"我们都知道这不是巧合。"露丝非常严肃地说，"都怪那个该死的魔法咒语。"

"是咒语引起的火灾吗？"

"我不知道。但今早我想起了我为做研究收集的一本书。它曾经是一本儿童经典，尽管多年来都没人读过——《北风背后》。这是一个维多利亚时期的故事，讲的是一个小男孩在北风背后造访了一片神奇的土地。重点是他只有死后才能回到那片土地上。"

"但是……你在梦中造访过西卡莫，而你并没有死啊。"

"想想看，"露丝说，"我并不是在做梦，对吧？当你在电视上看到我的时候，我的肉体已经因为浓烟而失去了知觉。我还活着，这就是为什么我没法走出玩具们的厨房去探访斯莫克如。

"但是如果你死了的话——"

"正是如此！就像北风背后的那片土地一样，只有在你死后才能到达那里。"

她们都安静了一会儿，思考着这个问题。

艾米丽说："就像……天堂。"

"我当时高兴极了，"露丝轻声说，"而且不知怎的我能感觉到丹尼尔离我非常近。这么说它确实很像天堂。"

"你后悔回来吗？"

"我后悔吗？"露丝吃了一惊，"是的——刚开始的几秒，我非常伤心地发现自己又回到了现实世界。"

艾米丽的嘴巴干涩，因为她的下一个问题是如此冒昧以至她几乎不知该如何措辞："你儿子死的时候，你希望自己也能和他一起死吗？"

"呃……"露丝沉思着眯起眼睛，"你必须发誓永远不会跟任何人提及这件事。"

"我发誓！"

"老实说……想过。我非常害怕死亡，但与此同时，我又想用死亡来结束痛苦。"

艾米丽深知这种痛苦，这种痛苦比任何身体上的疼痛都要难受得多。她知道自己不想死——但如果她确定自己能再见到霍莉，情况会不会有所不同呢？

屋前的小路上有声响，过了一会儿，前门砰的一声打开了，艾米丽的妈妈轻快地走进了厨房。

"露丝！"妈妈弯下腰去亲了亲她的脸颊，"你好吗？"她拎着亮晶晶的购物袋，神情恍惚地微笑着对艾米丽说："我买了些很棒的东西——哦，我知道你的朋友玛莎希望得到图书代金券作为生日礼物，但我还是忍不住要买一件小礼物送给皮帕。"

"什么？"艾米丽警惕地瞪了露丝一眼。

"我相信这些会很适合她的。"妈妈满意地拿出一个塑料盒子，里面装着为泰迪熊设计的小礼服，"橙色和她的黄色皮毛很配。"

"妈妈！她马上就十二岁了——不是四岁！"

"我知道，但是你告诉过我皮帕对她来说有多重要。"

"不，我没有！"

106

妈妈忽略了她的话——或者可能是没有听到。但艾米丽十分确定自己从没告诉过她关于玛莎的黄色小熊的事。

难道妈妈也看到了来自斯莫克如的事物了吗？

12

陌生地方的老朋友

"昨晚我做了一个有史以来最疯狂的梦，"玛莎说，"我实际上是笑醒的。"

艾米丽不知道究竟发生了什么，总之她彻底成了玛莎午餐团的一分子。今天安泊尔·弗洛斯特甚至还为她占了个位子。能够成为一个团体的一员，还有很多人愿意和她做朋友，这感觉真是好极了。唯一的缺点是没有那么多时间来写布鲁伊之书了，而这会儿刚好又有那么多需要记录的事。

"我喜欢你的那些梦，"安泊尔·琼斯说，"这次又是关于什么的——还是那只熊吗？"

"她的名字叫皮帕，"玛莎佯装严厉地说，"不要管她叫'那只熊'，你会伤她的心的。"

听了之后大家都咯咯笑了。

"那么你梦到什么了？"艾米丽尽量装出漫不经心的样子来

108

掩饰她内心灼烧着的好奇。发生了什么事？妈妈在给泰迪熊买小礼服，而这是玛莎第三次梦见斯莫克如了。魔法正在蔓延。

"这次不是在茶话会，"玛莎说，"我当时是在一个可爱的而且色彩非常鲜艳的公园一样的地方。皮帕也在那儿——戴着一顶可爱的小帽子——跟我讲述着她工作的那家工厂的事情。"

希慕-莱特！

安泊尔·弗洛斯特问道："就像诺顿一样？"

"不，比那个好得多。与其说是工厂，不如说是花园。那儿有一个铜管乐队，有许多玩具在跳舞。"玛莎突然皱起眉头，"我还想起了别的事情。有个玩具娃娃冲了进来——一个很脏的布娃娃，有着一张疯狂的脸和用红色毛线编成的辫子——她大声嚷嚷着说她有权成为那个什么——艾米丽？你没事吧？"

艾米丽之前一直在大声喘息着，于是现在只好假装咳嗽。

太匪夷所思了！

这是另一个迹象——既让人为之兴奋，又让人毛骨悚然——想象中的世界正在渗入真实的世界，而露丝则是唯一一个能与艾米丽交流的人。那天是星期一，不是艾米丽需要在店里度过下午的日子，但她确信她能找到一个借口跑到隔壁去。在接下来的课堂中，心中涌动着的不耐烦让她心烦意乱，以致路易斯太太不得不对她大吼两声，才把她的注意力拽回到现实中来。

之后的回家路程简直慢得让人抓狂，因为倾盆大雨使交通几乎陷入瘫痪。

"啊，这天气！"妈妈焦急地透过挡风玻璃上的雨刷往外看（常规的雨刮器会发出霍莉的呼吸机那样的唰唰声），"那片草地现在已经变成一片泥海了。好在他们赶在下雨前就完工啦。"

"嗯——什么？"

"你真是心不在焉的！我正在跟你讲那棵烧焦的树的事——工人们今天早上去野生动物聚居的草地上，把整棵树连根都挖了出来。"

"哦。"

"看上去乱糟糟的，空得可怕。我真想念那棵可爱的大树。当然，他们还会种些别的东西，但它不可能永远像索姆一样。"

有一排汽车在环形交叉路口等候着，慢得跟蜗牛爬似的，大雨瓢泼，倾泻而下。

"哦，这雨！"妈妈突然咯咯地笑了，接着说，"这噼里啪啦的雨！"

艾米丽四岁的时候，为布鲁伊编了一首歌——

雨啊！雨啊！

这噼里啪啦的雨啊！

真是糟糕的一天！

我们没法出去玩了！

自从霍莉死后，这还是妈妈第一次提到布鲁伊和他的世界。艾米丽屏住呼吸，等待记忆幻化成悲伤，但妈妈却继续微笑着。

"你真是个有趣的小家伙——总是编歌编故事。你还记得爸爸不小心对老板说雨下得'噼里啪啦'的吗？"她们都笑了，回到家时，妈妈仍然很高兴。

"今天露丝的店门关着，新的锅炉装好了，我不知道她的暖气是否已经恢复了——你能不能变身小天使帮我去看看她是否一切都好？"

"好的。"这是让露丝赶上进度的绝佳机会。艾米丽匆匆下车，穿越倾盆大雨，露丝一打开后门，她就开始喋喋不休地讲述起玛莎的梦来。

"慢一点——深呼吸，然后数到十。"露丝坚定地把她推进厨房，让她在桌旁坐下，"这么说你的朋友做了一个关于脏布娃娃的梦？"

"是的，而且我觉得是我认识的物质世界里的那个布娃娃！"

"老天啊，"露丝说，"她是你的吗？"

"不——她曾是梅姿的，那时我们还在幼儿园。玛莎描述出她那张疯狂的脸和红色的毛线辫子时，我突然就想起她来了。她的名字叫监狱温迪。"

"叫什么？"

"简称'监迪'。她非常顽皮并且总是被送进监狱。"

露丝扑哧地大笑着说："但是玩具没有监狱啊！"

"那不是玩具的监狱。"艾米丽好多年没想起过梅姿那个脏脏的布娃娃了，现在回忆又如潮水般涌了回来，"那是架子顶上的一个旧鞋盒。每当我们和监狱温迪的游戏变得太过吵闹时——当梅姿让她爬上烟囱或乱洒颜料时，梅姿的妈妈就会把监迪放进那个盒子里。我想她以前一定是个很时髦的布娃娃。但后来她变得又黑又臭，于是他们把她放进了洗衣机，把她的脸给洗破了，于是梅姿就给她画了一张挂着古怪而疯狂的微笑的新脸。"

"可怜的老监狱温迪！"露丝仍然咯咯地笑着，"你知道她现在在哪儿吗？"

"不知道，"艾米丽说，"我只知道她没有在梅姿的卧室里。我很久以前就没见过她了。"玛莎怎么会看到斯莫克如的玩具呢？她以为自己在做梦，殊不知自己看到的是一个真实存在的地方。

我必须找机会告诉她。

桌子下面的突然响动着实把她们俩都吓了一跳。

雨果的声音飘向了她们："一桶都德伯里饮用糖浆和两盒纯巧克力蛋。请把它们送到西卡莫。"

艾米丽弯下腰，看见企鹅毛茸茸的头从丹尼尔的纸箱里伸了出来。"嗨，雨果。"她把盒子拖到地板中央，"你在这儿干什么？"

看到雨果恼怒地皱着眉头是件很有趣的事。

"又来了！难道一只企鹅就不能顺利跳到糖果店而不被半路困在物质世界吗？"他戴着一顶紫色天鹅绒做成的平底锅形状的帽子——漆成金色的把手神气活现地歪向一边。

艾米丽把他从箱子里举起来并放到桌子上："又是那扇破门？"

"我不知道——我还以为我在尖尖头呢！"

地板上的纸箱颤抖起来，斯米菲的头随之探了出来，他戴着一顶有银色把手的橘色天鹅绒平底锅帽子。

"让我猜猜，"露丝说，"平底锅帽是尖尖头的最新时尚？"

"哈啰，露丝，"斯米菲说，"是的，你猜对啦。难道它们看起来不时尚吗？"

两个玩具看上去都自豪极了，于是露丝和艾米丽忙不迭地说："是的——很时尚。"然后强忍着不笑出声来。

"我是来接雨果的。是时候给德国房客沏茶了——时钟里的布谷鸟给我发了条短信。"

"一条短信！"雨果厉声说道，"真是厚颜无耻！他就知道欺负我们这些不会看时间的——我真想好好向斯德维抱怨一通！"

艾米丽问道："斯德维给你回信息了吗？"

"没有，"斯米菲说，"真是奇怪。按道理他总会第一时间回复你的。"

这么说斯德维是个"他"。他会是个玩具吗？

"他给你回电话了吗？你和他说话了吗？"

雨果和斯米菲看起来很困惑。

"没有人和斯德维说话，"雨果说，"通常情况下，只要你留个信儿，问题自然就解决了。"

"但是现在的问题都没有得到解决，"斯米菲说，"我们并不是唯一在等待的玩具。几周前，隔壁的河马布偶要求扩建操场，但迄今为止什么都没发生。"

"也许他——或者它——这会儿实在是太忙了。"露丝说。

"我们会继续努力的，"雨果说，"走吧，斯米菲——我们最好去给德国房客把茶沏好。"

他突然加速小跑起来，越过桌子然后一头扎进纸箱。斯米菲喊道："等等我！"——只见一道亮光一闪，纸箱便在两个普通的布偶玩具头顶合上了。

艾米丽很失望："我以为雨果会向我解释更多关于斯德维的事！"

"他不会，"露丝说，"他之所以要急着赶回斯莫克如是因为他根本不知道斯德维是谁，他太过自负而不肯承认这个事实——我了解那只企鹅，别忘了。"她收回了笑意，"我真希望我能知道到底为什么这一切会发生在我们身上。我在想是不是都怨我。"

“为什么这么说啊？”

露丝说：“我没有把雨果和斯米菲放进丹尼的棺材里。我狠不下心来这么做——我没法承受连他们也一起失去。但之后我又为此而担心不已。”眼泪在她的眼眶里颤抖着，“我担心没有他们，他会感到孤独。”

“他不会孤独的。”艾米丽把她那只指甲被啃坏了的小手放在露丝胖乎乎的手上，“雨果和斯米菲说他们经常见到他。”

厨房门上的猫洞一下子弹开了，波奇嘶吼着从里面蹦了出来。

“怎么啦，老伙计？”露丝弯下腰抚摸着他的花脑袋，“那些松鼠又来招惹你了吗？”

猫洞又开了。有那么一秒钟，艾米丽以为会是什么野兽在追赶那只胆小的老宠物。但是爬进来的那个泥糊糊的小东西比松鼠还要小，而且还有四个小轮子和一条尾巴。

它说话的声音就像粗糙的砂纸：“快进来，你们两个——这里很好很暖和。”

13

新房客

即使你已经习惯了会动会说话的玩具，你看见这一幕时同样会觉得不可思议。艾米丽和露丝目瞪口呆地看着另外两个沾满泥巴的玩具从猫洞里爬了进来。声音沙哑的是一只带轮子的木头驴子，旁边还有一只叮当作响的金属猴子和一只脏兮兮的小熊。

三个小家伙小心翼翼地把脚（或轮子）在地垫上蹭了蹭。

"老天啊！"露丝轻声说道，"是他们！"

"什么？"艾米丽不明白为什么露丝那么激动，"谁？"

露丝扑向桌上的一堆书，抽出约翰·斯特普斯的那本传记。"你没认出他们吗？"她翻开书，找到了那张印有斯特普斯家孩子们的三件玩具的黑白照片——铁皮猴布洛基、木驴莫基和小绒熊菲金达·法拉维。

"没错！"艾米丽跪下来仔细端详着这些著名的爱德华七世时期的玩具。它们一点儿也不像现代玩具——要么柔软可爱，要么靠电池驱动。泥巴下的这三件古董又小又干瘪,有着古怪的小脸,生动而富有个性。"可他们是从哪儿来的呢?"

"我们走了一段很长很长的路,"猴子说(声音像生锈的铰链一样吱吱作响),"'人类'的地垫真戳脚!好啦,谁负责这家咖啡馆?"

驴子抬起头来看着露丝和艾米丽:"我觉得是那个又老又胖的。"

"听到了吗,胖老太?"猴子叫道,"我们要三杯比金斯果缤纷。除了柠檬和酸橙,什么口味都行。"

"胖老太!"露丝忍不住大笑起来,"听着,我很抱歉,我想你们一定是搞错了——这不是咖啡馆。"

"你们不是在斯莫克如,"艾米丽尽可能友好地说,"这是现实世界。"

"哦,这个我们知道。"驴子高兴地说,"今天早上挖土机把我们的箱子挖出来时,我们突然就回到了这里。"

"挖土机?"艾米丽有些疑惑。

"难道你还不明白吗?"露丝兴奋地大笑着说,"约翰还会把他们埋在别的什么地方?他们就在树下——那棵大树被连根拔起的时候——"

"但这并不能解释他们为什么会在这儿呀。"艾米丽小心翼翼地拾起那三个玩具,把他们放在桌子上。他们很轻,她边哆嗦边感受着他们在她指尖的扭动。"为什么他们不再是不说不动的普通玩具了?"

"我想一定是规则变了。"菲金达·法拉维说，"相当奇怪。"

"我们住的房子在斯莫克如的最深处，"猴子布洛基说，"太深了，以至于没人能离开——至少一切正常的时候是那样。突然，一道白光闪过，我发现自己手里正握着来自斯德维的物质世界通行证。我们在五十多年前就发出了这个请求，可因我们的住地太深而被拒绝了。但现在规则肯定变了。"

"我们也没法问他。"驴子莫基说，"很久很久没人见过他了。"

"你们见过他吗？"艾米丽迫切地问道。

"哦，是的。"布洛基说着，点了点他铁皮做的小脑袋，"他曾经一度就住在我们隔壁。但他有一份非常重要的政府工作，这让他非常繁忙。"

"他是一个玩具吗？"

"他是一只熊。"菲金达·法拉维一本正经地说，"一只装满了世界上最多的想象的熊！他的举止非常优雅。"

这么说斯德维既不是一座政府大楼，也不是一位巫师。他只是一只老熊。

"约翰说我们能过来，"莫基吱吱地插嘴说，"如果我们保证听话的话。"

"约翰·斯特普斯？"露丝脸色苍白，既惊讶又害怕，"老天爷！"

艾米丽知道她为什么会害怕。因为见到雨果、斯米菲和诺迪这样来自现代有生命力的玩具是一回事——但这三个玩具却都来自死亡之地。"你们是怎么到这儿来的？"艾米丽问道。

"就是那个挖土机，"铁皮猴子说，"一切突然变得黑暗而寒冷，我是第一个意识到我们已经回到了物质世界了，我们已经有很多年没有回来过了。于是我对其他人说：'仔细听好啦，我们又回到箱子里了！'"

"在那只他存放我们的箱子里，"莫基说，"为了让我们逃脱被焚烧的命运。"

露丝说："你们试图要回到斯莫克如——还是你们被困在这儿啦？"

三只玩具看起来有些困惑。

"困住？我的天啊，不是的！"菲金达轻快地说，"我们很自然地就能回到斯莫克如，但却没有到达我们从前所在的地方。"

"你把我给绕晕了，"露丝说，"你们所在的地方？"

"我亲爱的胖太太，试着跟上吧！我们住在斯莫克如最深处，那里有时被称为'魔幻之境'，有时又被称为'永恒之境'。那是所有想象力汇聚的地方。"

还有所有逝去的人们。

霍莉和丹尼尔。

一想到这些玩具来自那个神秘的地域就让人兴奋难抑——在

那里，克里斯托弗·罗宾还在和小熊维尼玩耍着，尽管真正的克里斯托弗·罗宾已经是一位逝去的老人了，而真正的维尼熊则住在纽约的一个玻璃箱里。

"当我们试图回家的时候，"菲金达·法拉维接着说，"我们却发现自己在斯莫克如的另一个地方。那是一个现代的片区，那儿所有的玩具都可以自由地出入物质世界，因为他们的主人都还活着。一旦你习惯了那儿的噪声，你就会发现那是一个非常有魅力的地方。"

"我们决定住在我们在报纸上看到的一所寄宿公寓里，"布洛基高兴地说，"它叫西卡莫。我会发电报告诉他们我们到了。"

"你有一点跟不上时代了。"露丝说，"这年头已经没有电报了。大家都在用手机，就连斯莫克如也一样。"

"我见雨果也有一个手机，"艾米丽说，"但我们不知道他的手机号。"

"等等，我们并不需要他的号码——他就在这儿！"露丝俯下身得意地从丹尼尔的纸箱里把雨果和斯米菲拉了出来，"快醒醒，孩子们！你们的新房客刚到我的……"

当她意识到自己是在和一对柔软的玩具说话时，声音渐渐弱了下来。

"为什么我们没法召唤他们出来呢？"艾米丽伸出手摸了摸雨果，"难道不应该是我们叫他们他们就出来吗？"

"我想他们应该是太忙了。"菲金达·法拉维高声说道，

"他们的身体在这里——这对人类来说已经足够了。我的意思是，通常你们并不指望他们会说话，对吗？"

"这个——对……"

"斯莫克如的现代片区简直太刺激了！"我迫不及待地要四处走走转转了——但我们必须先来到物质世界。看看我们现在的样子！"她揪起她那条曾经绚烂的连衣裙，如今它就像破败的蜘蛛网一样，随时可能在她的爪子里化为碎片。"我们不能就这样进入那样一个繁荣社会啊！"

"你知道，"布洛基说，"在斯莫克如的现代片区，玩具们的样子和他们在物质世界里的是一样的。而我发现物质世界里的自己浑身都是铁锈。"

"我的油漆都褪色了。"莫基说。

"哦，我明白了，"艾米丽说，"你们来这儿是想让我们帮你们打整干净。"

"是的，"布洛基说，画出来的脸庞露出了微笑，"我们的箱子里正好有足够的光线让我们看到自己是多么的破旧和肮脏。"

"约翰把我们埋在了花园里。"菲金达·法拉维说，"他给了我们每人一个吻，说他会在斯莫克如与我们相见。"

"那么……他有吗？"一阵突如其来的对布鲁伊和霍莉的思念刺痛了艾米丽，"他来见你们了吗？"

"有啊，当然啦。"布洛基说，"他知道我们永远不会离开他。"

"而每次造访都让我们陷得更深。"菲金达·法拉维说道——仿佛这就解释了一切，"一百多年过去了，所以这么脏也不能怪我们。又在这么泥泞的路上走了那么远的路，情况就更糟了。"

"我们可以把一些泥弄掉，至少。"露丝拿出一包新的清洁布，把他们放在热水龙头下，小心翼翼地清理着三只旧玩具面上的那层泥土——露丝轻轻擦洗驴子时他那紧皱的被画上去的脸看起来有趣极了。

"我需要一条新裙子，"菲金达·法拉维说，"时髦但又不要太正式了。"

艾米丽突然想起妈妈给玛莎的小熊皮帕买的那些小裙子。

"我马上回来！"

她跑回家，妈妈正在餐桌上填写与工作相关的资料，艾米丽迅速地把小裙子从抽屉里取出来时她根本没有觉察到。

"我正准备去叫你呢——晚餐就快好啦。"

艾米丽匆匆撒了个谎，说她要去借下畚箕和扫帚，然后飞快地跑回隔壁去了。

"艾米丽，你真是个天才！"露丝两眼放光地说，"快看，菲金达——六条新裙子！"

白色的小熊仔细打量着那六条新裙子。艾米丽一时间还生怕她看不上眼，然而小白熊那脏兮兮毛茸茸的脸上却绽开了灿烂的笑容。

"哇，它们实在是太可爱啦——谢谢你，艾米丽！我能试试

122

那条粉色的吗？"

露丝轻轻地脱下菲金达的破布，帮她穿上了那条粉色的连衣裙。简直再合身不过了。艾米丽从楼下的卫生间拿来了小镜子，古董玩具从各个角度欣赏着自己。（露丝和艾米丽不得不忍着笑——小熊看上去很滑稽，但她们不想伤害她的感情。）"你俩真是太好啦，"莫基说，"现在我们想回斯莫克如并入住西卡莫啦。我用公共电话和一只企鹅预定过了。"

"我真的非常抱歉，但那实在是不太可能——"露丝开口说道。

"快点，斯米菲！"桌子底下一个专横的声音喊道，"我们的新房客到了。"

纸箱晃动着，雨果从中跳了出来，紧随其后的是斯米菲。当斯米菲把一大托盘玩具蛋糕掉在厨房地板上时，空中出现了一团蓝色的闪光。

三个斯特普斯玩具来到桌子的边缘。当企鹅看到他们时，深深地鞠了一躬："欢迎！"

"这么说你是西卡莫的负责人，"布洛基说，"你好，我们想要一杯美味的比金斯果缤纷。"

"听到他们谈论比金斯真是太好了！"露丝高兴地说，"这是为那些用木屑填充的古老玩具们准备的热饮——丹尼尔和我一起参观玩具博物馆时创造的。"

"诺迪就是木屑填充的，"艾米丽说，"兴许他会有一些。"

"等我问问他，"斯米菲说，"或者布鲁伊。"

"布鲁伊！"艾米丽的心飞快地跳动着，"他不是——我的意思是，他不是木屑填充的！"

"的确，但他就住在一只非常年迈的兔子隔壁。"斯米菲解释道。（表情充满了友爱，他那甜滋滋又傻乎乎的脸庞刺痛了艾米丽那颗渴望布鲁伊和他主人的心。）

"我们得走了，"布洛基说，"已经快七点了。"

雨果和斯米菲张口结舌地看着他。

"哇哦。"雨果轻声说道，"你居然会看时间！"

那只铁皮猴子相当得意地说："天生就会。"

"现在我们可以炒了那只懒惰的布谷鸟了，"斯米菲开心地说，"快走吧，各位！"

他打开纸箱，一道白光闪了出来。所有的玩具都跳进了纸箱里（莫基从桌子边来了个花式跳跃，口中叫着"哟呼！"），箱子在他们身后合上了。

露丝和艾米丽被撇在厨房里，茫然地眨着眼睛，厨房里又恢复了物质世界的单调乏味。露丝打开丹尼尔的纸箱，两人都默默地盯着里面那堆不会说话不会动的玩具。

"我刚想到一件事，"露丝抚摸着菲吉（菲金达的简称）的新裙子说，"这些玩具并不归我所有。他们是斯特普斯的财产——从经济层面来说，他们肯定值不少钱呢。也许我应该把他们交到警察局去。"

"先别去！"艾米丽恳求道，"我们就不能暂时留着他们

124

吗？"虽然她无法用言语来表达，但爱德华七世时期的玩具给了她一种接近布鲁伊的感觉。"也许他们能帮助我们发现魔法是如何从斯莫克如泄露出来的。"

"如何泄露出来并不重要，"露丝说，"让我烦恼的是究竟有什么进入了斯莫克如。一想到那个幸福的地方被悲伤侵袭，我就无法忍受。"

14

开始了

第二天早上，梅姿要坐她们的车一块儿去学校。

换了是从前，她准会跑到她们花园的后门。然而今天，她却像个陌生人一样敲着前门。

"嗨，梅姿！"爸爸正准备骑车去馅饼工厂，"很高兴见到你！"

"嗨，梅姿——你来得正好！"妈妈微笑着对她说，"好久不见了，对不对？"

梅姿的双颊通红，她乌黑的眼睛里那愤怒的神色使艾米丽的胃紧张地翻了个筋斗。出于某种原因——尽管妈妈和爸爸什么也没注意到——梅姿怒火中烧。她没有像往常那样滔滔不绝地说话，而是出奇地安静。

艾米丽有些不知所措。当妈妈转过身时，艾米丽开口问道："怎么了？"

梅姿只是对她怒目而视，一路上大部分时间都在沉默中压抑着怒火。当汽车停在海蒂·凯蒂的门外时，她低声说了句"谢谢"，然后飞快地跑了出去，艾米丽不得不越过大门去追赶她。

　　"梅姿——等一下！我做了什么？"

　　梅姿生气地低吼道："就像你不知道一样！"

　　"但是我真的不知道！"

　　她们走在通往教室的大楼梯上，因为很早所以还空无一人。

　　"你觉得这很有趣，对不对？"梅姿突然转过身来抓住艾米丽的胳膊，"你和那个可怜的玛莎·毕晓普！"

　　"哎哟——真疼！"艾米丽想把她的胳膊拽回来，"听着，你就不能直接告诉我吗？"

　　楼梯口的一扇门开了："你们两个七年级的孩子——别胡闹了！"

　　那是路易斯夫人，她像个生气的白毛滴水兽一样瞪着她们。梅姿松开了抓着艾米丽胳膊的手。

　　一群九年级的女生从她们身边冲上楼来，每个人都在高声吵嚷着，路易斯夫人的注意力随之转到了她们身上。

　　"这么说你对这件事一无所知！"梅姿手里拿着一张破纸条，她把它甩给了艾米丽，"是你把它放在我口袋里的！"

　　纸上是用紫色蜡笔写的粗鄙的话——哈哈哈，你就是个劣质品！！

　　艾米丽深吸了一口气。这封信显然不是出自人类之手。她忽然反应过来到底是谁寄来的了，还没等她意识到自己在做什么，就已经脱口而出了。

"梅姿，这不是我写的——是监迪！"你难道不记得她那些无礼的短信了吗？"

那个旧布娃娃的名字如同一记耳光打在了梅姿脸上："别傻了——我知道这是怎么回事！你在利用我们儿时的游戏来让我感到内疚——因为我没有给呜呜大哭的小可怜艾米丽足够的关注！"

"你……说什么呢？"这样不公的论断简直令人窒息。

"我现在有新朋友了。"梅姿深吸了几口气后连忙补充道，"听着，我很抱歉，行了吗？"她愤怒的脸涨得更红了，接着就快步跑上楼去了。

艾米丽呆呆地愣在那儿，手里攥着那张字条，很显然这是监狱温迪的杰作。梅姿虽然说了"抱歉"，但似乎并不是发自内心的。

我真是彻头彻尾地被抛弃了。

还没等她整理好思绪，玛莎和安泊尔·琼斯就跑上楼来了。

"嗨，艾米丽，"玛莎上气不接下气地说，"我的叔叔迈克——就是买下我抽奖赢的啤酒的那个——他在消防队，他跟我讲了你朋友商店失火的事。他说你是个女英雄。你为什么都不告诉我们？"

"哦，我其实也没做什么……"

"迈克说如果没有人及时发现火情的话，那位女士很可能早被烟熏死了。我希望她没事。"

"是的，她——"

"迈克是为慈善事业制作过裸体日历的叔叔——他就是奥古斯特先生。我另一个叔叔是位牧师。他说他很想拍裸体日历，但没人邀请他。"

多亏了玛莎，艾米丽是笑着走进教室的——当看到梅姿低声细语地对夏茉讲个不停时，她好像也没有想象中那么痛苦了。她不再是独自坐在桌边了，而是多了一群很好的朋友。

玛莎拽着她的袖子小声说："听着，希望你不要介意，我没有邀请梅姿和夏茉来参加我的派对。反正我觉得她们也不会愿意来。"

"我无所谓。"艾米丽说，忽然想起了那个通宵派对，"那是你的生日。"

她想到了自己的生日，在二月底。因为霍莉的原因她从来没有举办过盛大的派对。霍莉还在世的时候，父母为艾米丽举办了一个小型的茶话会来庆祝，而梅姿是唯一的客人——一位了不起的客人，她还唱歌逗霍莉笑。

她怎么就忘了呢？

难道连霍莉的死她都不在乎？

*

艾米丽的父母参加了一个名叫"巴克斯通书虫"的俱乐部。他们每两个星期会在某个会员的客厅里碰一次面，整个晚上都会

129

边喝酒边谈论他们读过的一本书。这天晚上，八个书虫——包括露丝——都聚集在艾米丽家里。从客厅门后的喧闹声和哄笑声判断，这并不是一场很严肃的讨论。

艾米丽捧着笔记本电脑坐在餐桌旁，观看一部关于南极企鹅的纪录片。不是玩具的企鹅度过了一段可怕的时光——被暴风雪袭击，摇摇摆摆地走好几英里去寻找食物。雨果一定会痛恨这么做的。

她忍不住又想起约翰的咒语，还有他那三只玩具的突然出现。露丝把布洛基、莫基和菲金达放进了丹尼尔的纸箱里，她设法小声对艾米丽说，她并没有听到他们发出吱吱的声音。

但有些东西变了。

露丝把她们剩下的"魔水"装在一个塑料瓶里，放在厨房的架子上，而艾米丽敢肯定她把这事全忘了——她的厨房里塞满了旧瓶子和罐子。

要是火灾和咒语无关呢？

斯特普斯兄弟每晚都用这个咒语去到斯莫克如，他们也并没有死啊。

我打赌再试一次也无妨吧。

想到她离霍莉只有一步之遥，就很令人沮丧。但愿她能说服露丝改变主意，再试着念一遍咒语。

爸爸急匆匆地跑进厨房，从冰箱里取出更多的葡萄酒和啤酒："你还好吧，嗯？"

"我很好。"

"不好意思噪声太大了——我们刚刚投票决定读一本新书。我们都厌倦了《了不起的盖茨比》，所以现在我们把它改成了《小熊维尼》。"

小熊大人和小猪大人。

爸爸一回到书虫们身边，艾米丽就赶快把这些写进了布鲁伊之书里。她差点忘了，在她讲给霍莉听的故事中，这些著名的人物和其他几个著名的玩具（道格、拜格普斯）都是斯莫克如的贵族。可她还是对这件事百思不得其解。就在昨天，爸爸还把那部了不起的什么称为二十世纪的杰作，现在他却在读《小熊维尼》。这根本没道理啊——除非这是一个迹象，表明魔法正严重地渗入物质世界。

"……其他新闻报道，可怕的果冻洪水是由一只不满的木制布谷鸟造成的……"

她突然眨着眼睛喘着粗气，一阵耀眼的灯光从笔记本电脑里射了出来，把整个厨房都刷成了圣诞节的颜色。

尖尖头的果冻洪水?

像往常一样,她得等着眼睛适应玩具电视的强光。整个屏幕被正在读新闻的熊猫小姐的严肃表情占据了。"

"……声称他被不公平地解雇了。有几个小玩具仍然被困在果冻里。"

一组照片展示了西卡莫周围的花园被一层厚厚的红色果冻覆盖着。然后屏幕上出现了一张警方提供的布谷鸟的面部识别照片,他的木头五官被刻成了一个苦大仇深的样子,胸前还写着一排数字。

可这样是不对的!

玩具从来都不会这么卑鄙或恶毒,这是斯莫克如的伟大法则之一。人类可能会对彼此刻薄,但玩具总是很友善。

悲伤笼罩着斯莫克如。

熊猫的脸又回到了屏幕前:"还有天气,别忘了明天上午11点18分要下9分钟的阵雨。"

接下来又播放了一些广告,艾米丽焦急地观看着,寻找着更多来自人类的恐慌的迹象。当看到斯莫克如其他的一切都如同往常一样甜蜜和搞笑时真的令人深感欣慰。

我是一只忍受着剧烈考（咳）嗽的熊熊，

我考（咳）得如此剧烈以至于我的耳朵都被吹到
（掉）了⋯⋯⋯⋯

她凑近屏幕，想要看清背景，希望在那可爱的森林和斯莫克如的田野里，有布鲁伊和霍莉，还有雨果、斯米菲和丹尼在玩耍。

布鲁伊，你在哪儿？

主持人说道："现在是一个全新的系列片——《我主人的卧室》。"

一阵音乐响起：屏幕上闪现出一间人类卧室的景象，就跟艾米丽自己的卧室一样。一个人类坐在桌子旁——一个有着棕色卷发和甜美酒窝的女孩。

那人正是玛莎·毕晓普，而她似乎完全不知道自己上电视了。

"玛莎？"

但玛莎显然没法听到艾米丽的声音，她正自顾自地嚼着薯片看着书。

"哈啰，我是皮帕。欢迎来到《我主人的卧室》！"

是的，是皮帕，那只黄色的希慕-莱特小熊正得意扬扬地炫耀着玛莎的东西。为什么她没有注意到？

"最后，是我最喜欢的东西，"皮帕说着，拉开了一个抽屉，"这五包漂亮的新内裤！"

艾米丽突然大笑起来——尽管她很想见到布鲁伊，但她很高兴他没有在电视上讨论她的内裤。好尴尬！即使只是被一堆玩具看到。

"现在播报一则新闻。"那只熊猫又回来了，"有报道称斯德维的办公室已遭到破坏。成百上千的玩具抱怨信息没有得到回复，大家担心斯德维本人已经消失了。"

客厅的门开了，灯光又恢复了正常，真实的企鹅们又回到了笔记本电脑上。真是讨厌，没法接着听这个令人难以置信的故事了。

伟大的斯德维出什么事了？

那只熊显然已经消失了，留下斯莫克如陷入一片混乱之中。

书虫们哄堂大笑，高声唱着一首包含"嘀哩啵咯"（小熊维尼认为加上这些字样的歌曲听起来更朗朗上口）的歌曲。他们说了声再见，然后离开了艾米丽家，那声音就跟酒吧打烊时一样嘈杂。

而他们平日里都是些安静的、灰白头发的、值得尊敬的人。

虽然艾米丽并不十分害怕，但她有一种强烈的感觉，魔法比以往任何时候都更加失控了。

"多么有趣的讨论啊！"露丝留下来喝了杯茶。她的脸涨得通红，目光呆滞，神情恍惚。

爸爸说："这是二十世纪的杰作，也许是最杰出的一部。我觉得下次我很可能会打扮成屹耳的模样。"

"好主意！"妈妈说，"我们还可以像维尼一样吃蜂蜜和炼乳。"

艾米丽的父母都露出一种奇怪的、恍若隔世的表情，艾米丽感到一阵惊慌，难道他们听不见自己在说什么吗？她想与露丝进行眼神交流，但没有人注意到她。

爸爸开始谈论他的工作，一开始他听起来完全正常，"我们现在很忙，要推出一个新品种的水果派。"但接下来无厘头又占了上风，他接着说，"它们是一种特殊的投掷馅饼——我是说——就是用来打馅饼仗的。"

"妙极了！"妈妈说。

"你们简直就是天才！"露丝说。

现在艾米丽真的是非常惊慌了。让你的派对即刻开启——一起扔馅饼吧！

这不仅仅是一个小的泄露。斯莫克如独有的搞笑无厘头已经渗透进了西米德兰兹郡最大的食品厂。

"露丝！"她小声叫道。

"嘀哩啵啰。"露丝说。

在绝望中，艾米丽把她手中的热茶（热度不至于烫伤）泼到了露丝的手背上。

"哎哟！"露丝使劲眨了几下的眼睛，皱起了眉头，好像试图作出一个艰难的总结。

然后她好好地看着艾米丽，低声说："哦，亲爱的。"

15

花园里的蛇

最奇怪的是，第二天早上一切都很正常。艾米丽和爸爸妈妈吃了一顿平常的早餐，爸爸像往常一样骑着自行车去工厂了，再也没有听到关于扔馅饼的荒谬言论。（艾米丽试着假装不经意地问了下爸爸工作的情况，正好验证了这一点，因为他只说了句："哦，还是老样子——围着一堆数据转。"）

妈妈一把将她推进了车里。

"快点！我想避开交通高峰期。"今天早上妈妈一点也不像在做梦。她精神抖擞，脚踏实地，光想着她能多匀出一天上班的事。"你确定你不介意吗？还有就是，露丝很高兴——她说她很愿和你多待一个下午。"

"没问题，"艾米丽说，"我喜欢去露丝那儿。"

她很想跟露丝谈谈昨天晚上的事——那令人警醒的搞笑无厘头的入侵，以及斯德维被宣布已经失踪的耸人听闻的消息。

"我认为你给了她新的生命。"她们在环岛路口等车时，妈妈若有所思，手指敲打着方向盘，"我从没见她这么快乐过，自打……算了。"

"自打丹尼尔死后。"艾米丽说。

"是的。"

"那时她的心被伤透了。"

妈妈惊讶地说："她告诉过你吗？"

"她不必告诉我，我就知道。"

"那应该是十年前的事了——那时你还是个小婴儿，而霍莉——"妈妈发出了艾米丽已经习惯了的无尽渴望的叹息，"他是个好孩子，他只有十八岁。"

"可怜的露丝！"

"我觉得没什么理由不告诉你，"妈妈停了好一会儿才说，"那是一起交通事故——他当时骑着摩托车。露丝不得不去辨认他的尸体。"

"哦。"艾米丽之前并不知道这些，她不得不假装盯着窗外看，这样妈妈就不会看到她在哭泣了。这简直悲伤得令她无法忍受。难怪露丝总爱回忆那些斯莫克如的快乐时光。

"不管怎么说——很高兴看到你能使她高兴起来。这使我想起她以前的样子。"妈妈又叹了口气，然后用她平常的声音补充道，"对不起我们这么早。我老忘——我不再需要一个小时来装车了。"

"没关系，我喜欢来早一点。"艾米丽甩掉了最后一滴眼

137

泪，"我可以到咖啡机那儿来一杯。"

咖啡机是海蒂·凯蒂最棒的东西之一，拿着一杯像高中毕业生那样的机制咖啡走来走去，感觉很酷。那里通常都要排队，但今天早上她起得那么早，所以她前面只有玛莎一个人。

"嗨，艾米丽！我很高兴你这么早就出现了。我爸爸几乎是在拂晓就把我扔在这儿了，因为今天是赶集的日子，他收购了一批猪。玛莎取出一杯热巧克力（比咖啡好得多，但远没有咖啡那么酷）。"实话告诉我——我身上闻起来有猪味儿吗？"

"我能闻到的只有香水味，"艾米丽笑着说，"你一定是用水管喷的！"

"我可能是有一点过了。但我绝不能再让那奶牛夏茉找到任何借口"哼哼"地学着猪叫冲我做鬼脸了，就因为我住在农场里。"

"早上好，姑娘们。"罗宾逊女士沿着走廊朝她们走来，"你们两个真积极——难道我给你们布置的家庭作业还不够多吗？"

"哦，看啊，这个是不是很可爱？"玛莎伸手抚摸着一只系在罗宾逊背包拉链上的棕色小考拉熊。

罗宾逊女士笑着说："来看看考拉柯利钥匙圈吧。"她看上去很年轻，"我好多年没见到它了，可是今天早上它突然出现了，完全出乎意料！我觉得它可能想看看我们今天下午的排练。"

伦尼。

艾米丽敢肯定柯利曾经是属于罗宾逊女士的弟弟的。

两个世界之间的大门已经被打破了——那个玩具来自斯莫克如。

*

那天下午，艾米丽一回到巴克斯通就跑到古董店找露丝。

"消失了？"露丝放下刚清洗过的银茶壶，"那怎么可能！"

"新闻播报员是这么说的。伟大的斯德维不见了，他的办公室也不工作了。"

"可是没有他，那地方怎么运转呢？"她若有所思地皱起眉头，"我真希望自己知道该怎么办。"

"我有没有错过什么呢？"

"没什么特别的，"露丝说，"只是我更希望有的玩具能偶尔回到斯莫克如，而不是在我努力工作的时候到处闲逛。"

"你好，艾米丽。"一个年长而沧桑的声音说道。

诺迪坐在架子上，旁边还坐着另一个玩具：菲金达·法拉维穿着她的新裙子，两只耳朵上都系着粉红色的大蝴蝶结。他们正端着两杯冒热气的饮料。

"我突然跑来就是为了喝点比金斯果缤纷，"菲金达说，"这只讲究的熊熊储备充足。"

露丝说："那儿的魔法像漏勺里的水一样漏了出来。"她的声音低到了几乎是耳语，"说实话，这些旧玩具让我非常紧张——这比有老鼠还要糟糕。这就像被会说话的老鼠感染了一样——我的意思是，想象一下，如果你能听到它们在地板下互相呼喊着！"

艾米丽压低声音问："他们整天都在这儿吗？"

"是的。"菲金达·法拉维说，"这儿很好。"

"回家吧，你俩。"露丝说，"你们为什么不回家呢？"

"这儿更好啊。"诺迪说，"尖尖头满是争吵。"

这番话居然出自一只可爱的老泰迪熊，真是让人既吃惊又担心——这是这个悲伤、刻薄的物质世界渗入斯莫克如的又一个迹象。

"那儿有什么好争吵的？"艾米丽问。

"有人闯进了西卡莫，偷走了整个顶楼，"法拉维小姐说，"从我来的那天起，犯罪率肯定已经提高了。"

"这就像亚当和夏娃的故事，"露丝说，"那蛇已经潜入了伊甸园。"

"我有个朋友是蛇，"菲金达·法拉维说，"她在物质世界曾被用作密封条。"

然后诺迪说："今天下午我要去司马维德那儿给自己买一个新潮的屁。"

"新潮的屁？"露丝轻声笑了，"那是丹尼尔的发明之一！玩具们可以给自己买一个听起来如同美妙音乐的屁！"

"我要跟你一起去，"菲金达·法拉维说，"我试图赶上所有最新的时髦——我们在斯莫克如的最深处待太久了。你要买哪个调调？"

"'绿袖子'。"诺迪说。

"我超喜欢'一闪一闪亮晶晶'。"

布鲁伊的放屁曲调肯定是"一只熊去割草"。

"啊，多么幸福啊！"露丝擦了擦笑出的眼泪，"但这是不对的——而且不管怎样，我们必须把那些已经进入斯莫克如的坏东西赶出去……在他们伤害我们所爱的人之前。"

霍莉和丹尼尔。

一想到他们幸福的世界可能被破坏就让人心痛。

"我们一定可以做点什么！"

"可我们能做什么呢？"露丝无可奈何地耸了耸肩，"报警？给我们的议员写信？"

"我们必须找到斯德维，"艾米丽说，"如果那只黑蟾蜍伤到他了怎么办？"

"等一下，"露丝说，"有顾客来访提醒！"

一个年轻的女子正探头往橱窗里看。露丝从椅子上跳了起来，从架子上取下两个玩具，迅速地用胶带把它们线缝的嘴巴封上，藏在桌子底下。

"我不想让任何人听到他们，"她低声对艾米丽说，"这是我研究出的行之有效的方法，为了安全起见。"

"不管怎样，我现在也该回家了。"艾米丽说。

"你可以帮我把垃圾拿出去吗？就是厨房地板上的那个黑袋子。"

年轻女子走进了商店。艾米丽走进厨房，发现垃圾袋在地板上。就在她捆扎袋子的时候，她看到了它——一个小塑料瓶，里面装了半瓶脏水。

我们的魔法药水！

露丝说过这个魔法咒语太危险了，到底值不值得冒这个险？如果艾米丽真能再次见到布鲁伊？或者霍莉呢？

艾米丽拔开那瓶药水的盖子。上面漂着几根草，水已经变成了一种阴森的棕色，但是当她把它藏在包底的时候，她感到一阵莫名的兴奋。

就算有那么一点死亡的风险又如何呢？

16

皮帕的假日

为了不让爸爸妈妈起疑心，艾米丽早早地就去睡觉了。她抱着塑料瓶上了床，盯着它看了好久，然后鼓足勇气吞下了一勺那看起来脏兮兮的水。

它尝起来又有霉味又发酸——魔水会不会变质了，像牛奶一样？

她仰面躺下，双臂放在身体两边，低声念起了那首歌谣：

> 神奇的高山，幽深的峡谷，
> 让我在睡梦中看见你！
> …………

第二天早上醒来后，艾米丽发现自己昨晚一个梦都没有做，那对她来说是一个巨大的遗憾，但同时也让她如释重负。

我哪一步没做对?

不管怎样,反正她没死。天又冷又亮,她的房间里满溢着阳光。这个物质世界从未像现在这样坚硬。

"艾米丽!"妈妈喊道,"快点,否则你就没时间吃早点了!"

"来了!"她的声音因为刚睡醒而显得有些沙哑,她根本不愿动,但她强迫自己把腿从床上晃了出来。妈妈早上会有一点像独裁者;如果她没有听到"地板上的脚步声",就很可能会冲进艾米丽的房间,迅速掀开她的羽绒被。

"艾米丽!"

"我已经说了我来了!"拥有校服的好处是你总是知道该穿什么。艾米丽匆匆穿上她的灰色裙子、白色衬衫,戴上条纹领带,梳理了一下她的乱发。

走出卧室时,她发现妈妈在楼梯口的储物柜旁,把脸埋在一个粉色柔软的东西里。

"妈妈?"

妈妈连忙擦了擦眼睛:"对不起,我上来拿一条干净的茶巾,突然发现了这个——我差点都忘了——"

那粉色柔软的东西是一件T恤,上面印着一个大大的红心,红心里印着"HOLLY(霍莉)"的字样。这是他们两年前游野生动物园时买的。

"它忽然出现在我面前，"妈妈说，"我一点准备都没有。"

艾米丽紧紧搂着妈妈。她们互相依偎了几分钟，妈妈趴在艾米丽的肩上哭了起来，仿佛她是孩子，而艾米丽是大人。霍莉死的时候她也没这么做过。

"哦，亲爱的！"妈妈抽身起来，使劲揉着眼睛，努力地想挤出笑容，"我真高兴我还有你！如果你不在……"

"好啦，我在的，"艾米丽说，"我永远不会离开你。"

妈妈勉强笑了笑，快速给了艾米丽一个拥抱："从你出生的那天起，你就一直在鼓舞着我们——尽管我们原本不打算再要一个孩子的。"

"我知道。"艾米丽以前就听他们这么说过，不过自从霍莉死后就再没听到过。她喜欢听他们这么说。

"你是我们最美妙的错误。我一直担心一个新生儿会带走一部分霍莉需要的爱——但你却给她带来了更多的爱。"

妈妈把T恤放回储物柜并跑下了楼，悲伤的时刻结束了。

艾米丽迅速闻了闻T恤，也许还能闻到霍莉的味道。她死后，她的气味一直没有消散。

蛋糕和婴儿湿巾。

现在什么也没有了，艾米丽在T恤上能闻到的只有灰尘背后的织物柔顺剂的味道。

逝去的人会留下他们独特的气味。

这气味既让人欣慰，又让人难过。

若气味都消失了那就更糟了。

她必须赶在失去姐姐的所有线索之前让魔法咒语起作用。

它之所以不起作用是因为只有我一个人的原因吗？

露丝在失火的那天晚上也是独自一人啊，魔法药水也起作用了呀。艾米丽在吃早饭和去学校的路上一直对这个问题百思不得其解。约翰说需要两个人，不过，也有可能，因为他一直强调的是魔法药水的实际制作过程，那确实是艾米丽帮着一起做的。

也许昨晚没起作用是因为露丝不知道这件事。

但是露丝肯定再也不会同意施这个魔法咒语了。艾米丽需要另找人选，一个了解斯莫克如的人，这样她们就可以从头做起了。

*

艾米丽提前十多分钟赶到了教室。

梅姿就坐在桌子边——夏茉不在。

"嗨。"艾米丽不太确定地说。

梅姿皱起了眉头："别那样做了，好吗？"

"你在说什么？我没有——"

"真好笑！"梅姿嘘声道，"别假装你不知道！"她把一张脏兮兮的纸条塞到艾米丽手里，"我不知道你是怎么偷偷把它放进我口袋里的——但如果你再这么做……"

夏茉·沃森这时走了进来，梅姿故意背过身去。这仍然很伤人，这要换作几周前，艾米丽肯定会很想哭的。而现在她只是觉得有些恼怒。她瞥了纸条一眼。

哈哈哈，你就是个劣质品，我要"啵普"你！

又是监狱温迪。"啵普"这个词让人有点震惊。几年前，在幼儿园里，啵普是监狱温迪的淘气发明之一。当你"啵普"一个人时，你要把手放在他的脸颊上压扁他的脸。艾米丽和梅姿觉得这样做超好玩，于是他们互相"啵普"着，直到整个幼儿园都掀起了"啵普"的热潮——后来梅姿的父母厌倦了总是被"啵普"着，就将这个行为禁止了，还把监迪送回到了顶层架子上的盒子里。现在这个可怕的娃娃又回到了他们中间，渴望着制造麻烦。难道两个世界间被毁坏的界限使监迪变得更糟了吗？

玛莎迟到了，她冲进来时罗宾逊女士已经点了一半的名。

"对不起，对不起，对不起！"她面红耳赤，惊慌失措，卷曲的头发似乎也已经有了自己的生命，"我们被困在一辆抛锚的车后面，车里全是奶牛。"

"坐下来好好喘口气。"罗宾逊女士说，"等你演白兔的时候，记得想想你现在的情形。"

一只黄色的小脑袋突然从玛莎背包的前口袋里探了出来。"嗨，艾米丽！"

"嗨，皮帕。"艾米丽不假思索地说——玛莎用一种异样的眼光看着她，像是被吓到了。难道玛莎能听到吗？

现在没有说话的时间。这天早上，他们要召开一个全校会议，海蒂·凯蒂的全体师生都挤进了那个巨大的礼堂。校长威利斯夫人宣读了通知，并展示了她最近到尼日利亚游览的一些照片，照片里的大多是一些学校和老师。

"哈——那也叫度假？"一个熟悉的声音尖声说道，"无——聊！"

艾米丽愣住了，皮帕是怎么从玛莎的包里出来的？

威利斯夫人什么也没听到，她展示了一张自己穿着传统非洲服装的照片，她平常的穿着都很朴素，也很寒碜。因此当大家看到她身着一件缀满红色和金色花朵的长袍的样子时都咯咯地笑起来。

"哇哦，是不是很可爱啊？"皮帕发出"吱吱"的叫声，"我能要一条粉色的吗？玛莎，它甚至比你的花内裤还漂亮！"

玛莎的脸颊涨得通红。于是艾米丽便清楚地知道了。

玛莎能听到。

★

"这一切是从昨晚开始的，"玛莎说，"我正要上床睡觉，她突然从我的书包里跳出来，又唱又跳。"

"那你做何反应——有没有被吓到？"

"开什么玩笑？我差点就晕倒了！"

"那是第一次吗？"这会儿正是早晨的休息时间。艾米丽拉着玛莎来到学校操场最偏远的地方，这儿有一条不受欢迎的风口上的长凳，旁边还有一段铁丝网，她们可以在这儿好好聊聊。

"是的——所以今早醒来时，我告诉自己那不过是一场梦，"玛莎说，"因为那之后她又不动了。可我吃早餐的时候，她就开始在我的包里唱歌，爸爸开车送我去学校的时候，她也不肯闭嘴。我真高兴有人能听到她的声音，而不只是我一个人！"她突然笑了，她那可爱的圆脸（略带玩具的模样）上绽出一丝光芒，"有人陪我的话就算是发疯我也不介意。"

"你没疯，"艾米丽说，"我现在一时半会儿解释不清楚，但我需要你的帮助。今天下午你能和我一起回家吗？"

如果玛莎能帮我，我就不需要露丝了。

"好的，那我给妈妈发个信息。"

"艾米丽，早上好！"一只黄色的小脑袋从玛莎包包的前口

149

袋里探了出来，"是不是很有趣啊？"

"我希望你别让人看见。"玛莎说。

"嗨，皮帕，"艾米丽说，"你不是应该待在希慕-莱特工厂吗？"

"我决定去度个假，"皮帕说，"我一直想参观一所大型的真正的人类学校。我什么时候才能看你们上课啊？"

"对不起，皮皮仔。"玛莎一把将皮帕塞进包里然后紧紧地拉上拉链，"课堂明确规定只对人类开放。"

小熊很生气，在包里闷声闷气地吼叫了几分钟才安静下来。

"我想她应该是走了。"艾米丽试探性地捏了一下包包，"感觉她又变回一只玩具了。"

"好。"玛莎说。她这会儿思绪万千。她们静静地坐了几分钟，听着那令人心安的寻常的人声和车流声。"这是我经历过的最神奇的事情。"

"我也是。"

"你知道，在我小的时候，我真希望我的玩具能活过来和我说话。而且我真的觉得皮帕走路和说话的样子非常可爱。但我还是被吓到了——嗯，也不是被吓到，而是有点紧张，就像害怕老鼠一样。不光是皮帕这样，对吗？"

"是的。"

"那么到底发生了什么事？"

"我不知道。"

"还有——为什么？"

“我不知道。”

艾米丽并没有完全说实话，但她自己的想法太过牵强，没法大声说出口。

这一切都源于姐妹俩对离别的抗拒。

17

施咒者

　　她们俩刚一进艾米丽的卧室，锁好房门，艾米丽就将斯莫克如的疯狂故事一股脑地向玛莎倾诉了一遍。玛莎是一个很棒的听众，多亏了皮帕，艾米丽说的每一个字她都深信不疑。

　　"如果我去隔壁，就能看到诺迪和约翰·斯特普斯的旧玩具吗？我超喜欢他的书！我能和他们聊聊吗？"

　　"我想应该是可以的，"艾米丽说，"但是你不能把药水的事告诉露丝。她原本打算把它扔掉。如果她发现我一直在摆弄它，会很生气的。我们本该去修理泄漏的地方，因为它让悲伤渗入了斯莫克如——我当然想修好它，并且找到斯德维。不过在那之前，门还是开着的。这意味着我还有机会进去。"

　　"你说你试的时候它没起作用。"玛莎拿起塑料瓶哗啦哗啦地晃了晃里面的脏水。她有些怀疑，但也很兴奋，而且极度好奇。

"这个药水对我没用是因为露丝是主要的施咒者，"艾米丽说，"不过这也只是我的猜测罢了。"

"所以你需要做一些新的——那你还记得配方吗？"

"记得。"

"我们今天可以做吗？"

"这个……很复杂。"

艾米丽必须坦诚她们将要面对的危险。露丝差点儿死了。"我知道火灾的官方原因是电气故障。不过露丝说，这与我们刚施了咒语的事太巧合了，因此我们不能再冒险了。"

玛莎仔细听艾米丽讲述着那晚上发生的故事，最后是德国房客的突然介入。

"但你没事。"

"是的，"艾米丽说，"我不是主要施咒者。如果只是辅助施咒者那就没事，而这就是我要你做的。如果做这件事会将你置于危险之中的话我就不会来问你了。你需要做的只是一点点的吟唱。"

她也想过要苦苦哀求，但又强迫自己在玛莎下决心的时候保持沉默。静默似乎延续了几年之久。玛莎盯着那个塑料瓶，起初她那张稚嫩的圆脸显得很害怕。但艾米丽看得出来，她也异常兴奋——而且兴奋之情正逐渐占据上风。

"我可以看到玩具们的电视节目吗？"

"也许吧，"艾米丽说，"我看没什么不可以的，你和我一样善于发现魔法，而我也只是做了辅助施咒者就看到了。"

"哇。"玛莎有些跃跃欲试了，"我刚刚想到了一件事。如果你到了斯莫克如，我就可以在电视上看到你，那也就意味着，如果那个德国房客发现另一场火灾或别的什么，我就可以帮助你。"

"你确实可以这么做——这是个好主意！"艾米丽急切地抓住这一点接着说，"在物质世界里，你是清醒的，如果你看到或听到我有危险，就可以拉响警报！"

"我该提防什么样的危险呢？"玛莎问，再次显得有些不确定了。

"不会是犯罪，或是暴力什么的。"艾米丽咽了几口唾沫，好让自己的声音不会因为不耐烦而颤抖，"其中一个玩具会警告你的，就像德国房客警告我的那样。你不用担心，除非你看到我走得太远，远到背景里了。"

"背景？"

"斯莫克如，你只能在远处看到它，露丝认为人类只有死了才能到达那里。"

"哦，"玛莎喘着气说，"但是你不能走得那么深。你得不断提醒自己只能待在西卡莫附近。"

"我会小心行事的，我保证。"

"好吧，"玛莎缓缓地说，"我决定试一试。"

"多谢——我发誓你不会有任何危险的。"

"事实上，我很乐意参与其中。我其实早已加入了，多亏了皮帕！"玛莎又笑了，"那么……什么时候来制作我们的魔法药水呢？现在吗？"

"得等我爸妈都不在家的时候，"艾米丽说，真要付诸实际的时候她才勉强回到现实，"他们总是在厨房里晃悠。我们可以在你家做吗？"

"对不起，"玛莎说，"我们的厨房从来没有空闲过。我妈妈也不喜欢我乱动她的平底锅。"

"哦。"真是令人沮丧。她们怎么才能顺利施咒而不让父母怀疑呢？

"我真不敢相信，不过是短短几分钟的事情难道就这么复杂吗！"艾米丽坐在床上，生气地斜靠在墙上。

"等一下！"玛莎突然两眼放光，"我有一个绝妙的主意！"她坐在桌旁的转椅上愉快地旋转着，"我们可以在我的通宵派对上这么做！"

"什么——当着众人的面？"

"不，当然不是啦。"玛莎停下转椅一本正经地说，"我们要在谷仓里举行派对，那曾是举办婚礼的地方，还配有一个小厨房！"

"但是会有很多人——"艾米丽又说道。

"我们得等迪斯科开始，周围都暗下来的时候。或者等其他人都睡着的时候——你还不明白吗？"她又转起转椅来，直到她的脸因为激动而显得有些模糊了，"简直完美！"

"是的，但在我们等平底锅烧开的时候，肯定会有人闯进来的！这比你想象的要久得多。"

"我们不需要平底锅啊，"玛莎高兴地叫道，"那儿没有灶——只有微波炉！"

"但那样的话就没有用了。"

玛莎又停下了转椅："为什么会没用呢？咒语只说要把水加热。它又没有规定要怎样加热。"

★

直到周六下午——在玛莎家过夜的那天——艾米丽忍受着迫不及待地想要再试一次魔法咒语的煎熬。用微波炉能行吗？她本想试着把水加热，看看需要多长时间。但妈妈从不让她碰到开水。自从皮帕在学校的出现引起了麻烦和不快之后，玩具们安静得令人吃惊和失望，包括那三个老旧的斯特普斯玩具。

"我好几天都没听到一点动静了，"露丝昨天说，"也许他们找到了斯德维，一切都结束了？"

艾米丽假装认为这是个好消息，但心里却很担心——如果她错过了去斯莫克如的机会怎么办？在收拾帆布背包的时候，她特别小心地整理着那个小塑料袋，里面装着制作药水需要的东西——十根经她一丝不苟测量过的青草，还有一根从母亲的针线盒里偷摸出来的针。她还翻遍了医药抽屉，找到了一块创口贴，以便拇指被戳破后使用。

"嗯，准备好了吗？"爸爸在楼上喊道，"你说过想早点过去的呀。"

"就一秒！"艾米丽拉上背包的拉链，突然瞥见了镜中的自己——仍然穿着牛仔裤和运动衫，头发乱糟糟的。

她是要去参加派对的。

我不能就这样出现！

自从霍莉死后，她就没在意过衣服的事。她惊慌失措地在房间里徘徊了几分钟，直到想起仅有的一条还勉强合身的连衣裙——带弹性的紫色天鹅绒质地，那是她收到的一个生日礼物。它被揉进了衣柜的一角，但它很干净，皱褶很快就被抚平了。她扯下牛仔裤和运动衫，穿上学校的黑色打底裤，然后迅速扭动着身子套上连衣裙。

"艾米丽！"

"来啦！"

她们学校的黑鞋很沉闷，使她的脚看起来超级大，但她仅有的其他鞋子都是运动鞋。她抓起梳子穿过她长长的头发，再次鼓起勇气朝镜子里望了望。在那一瞬间，她看到了一个紫色的白痴，有着奇怪的尖鼻子和两只船一样的大脚——但等她深吸了几口气后，她渐渐发现自己看起来还不错，甚至，很美。

"嘿！你在上面干吗呢？"

"我在穿衣服！"

艾米丽想起了她最好的那串蓝色玻璃珠项链，霍莉喜欢它发出的叮叮当当的响声。她戴上项链和配套的手镯。她考虑再三，就在正要跑下楼的瞬间，从一旁的桌子上抓起了她的布鲁伊之书。这将是霍莉死后她第一次离开家过夜，她觉得不应该把它丢下。

爸爸看到艾米丽时，才喊到一半的名字停住了，取而代之的是口哨："你真美！"

"你看起来可爱极了！"妈妈给了她一个拥抱，"玩得开心哟。"

*

玛莎家的农场离巴克斯通有几英里远，在一条长长的乡间小道的尽头。当汽车轰轰地越过牛栏时，爸爸皱了皱眉，说还好请帖背面有张地图。

他们来得很早，但破旧农舍前那泥泞的大院子里已经挤满了汽车、女孩和她们的父母。三只泥糊糊的狗狗急切地围着他们转，试图用爪印盖满客人。

"嗨，艾米丽——你看上去棒极了！"玛莎（穿着一件亮粉色的裙子，涂着同色系的口红）从混乱的人群中蹦出来拥抱她，贴着她的耳朵嘶嘶地说，"你带来了吗——我们还是按计划进行吗？"

"是的，"艾米丽轻声回答道，"我等你信号。"

她们开心地对视了一眼，然后艾米丽用正常的声音说："生日快乐，你的裙子真漂亮。"

两个安泊尔和学校里的其他几个女孩都来了，她们又互相拥抱了一会儿。晚会开始了。得等到夜幕降临，大家都不注意的时候，一切才有可能发生。于是艾米丽把魔法咒语抛到了脑后。在这段时间里，她没有理由不好好享受一下。

爸爸开车离开时，她已经记起了那种快乐的感觉——大叫、跳舞、吃喝以及大笑。她已经很久没有在外面过夜了，而玛莎的家人们为了这个派对真的也已经是倾其所有了。她们要一起睡在谷仓里，谷仓如今已经变成了一个巨大的派对场所。那儿有卡拉OK和迪斯科，迈克叔叔（穿着衣服）是DJ。

就在迪斯科达到高潮时，玛莎——极度兴奋地——拽着艾米丽的袖子穿梭于一群扭动着跳舞的人中。在迪斯科灯光闪烁的混沌中，很容易就溜进了谷仓后面的小厨房里。她们看不清对方，也没法透过音乐的砰砰声听清对方说的话，直到玛莎打开灯，关上门。

"好的，我都准备好了。"艾米丽从袖子里掏出那个小塑料袋，"没有人会惦记着我们，对吧？"

"对——妈妈要等《小鸟之歌》结束才会来给我送蛋糕。快点！"

狭窄的空间里只有一个小小的金属水槽，两三个碗柜和那个微波炉。塑料量杯里精确地盛装着一品脱水，已经在微波炉里等候第一道热风了。

这是一个棘手的操作。玛莎靠在玻璃门上，看着那杯水。第一个泡泡出现了，她们把杯子从微波炉里拿出来，时间刚好够艾米丽把草放进去，然后把针扎进她的拇指里（这样做非常疼）并挤出一滴血。接着她们一起高喊："献给斯莫克如！斯莫克如！斯莫克如！"

"等我们睡觉的时候，它也正好晾凉了，你就可以喝了，"玛莎说，"真希望我也能喝一点。我知道，我知道，你不需要说第二遍——但我希望能看到点什么！"

她们回到了聚会上。迈克叔叔放完了迪斯科舞曲，玛莎的妈妈送来一个华丽的粉色、银色相间的生日蛋糕，上面还装饰着钻石，蛋糕非常大，大到必须用手推车推着。

艾米丽和其他人一起唱了《生日快乐》歌，并尽力不去理会她那颗蠢蠢欲动、想知道她们的微波炉魔水是否有效的心。

终于到了午夜，客人们开始陆续爬进睡袋里。艾米丽飞快地跑回小厨房，杯子里的水还是热的，但她没法把它带回她在大厅地板上（在玛莎旁边）睡觉的地方，所以她舀了一勺魔水含在嘴里，直到躺下才咽下去。她把双臂放在身边，低声吟唱着那首押韵诗："神奇的高山，幽深的峡谷……"

"如果有什么事发生了而我还在睡觉的话，"玛莎对着她的耳朵嘟囔着，"把我叫醒——你想怎么使劲捏我都行！"

玛莎的妈妈分发了几杯热巧克力，然后关上了灯。

每个人都说她们要彻夜不眠。

十分钟后她们全都甜甜地睡着了——包括艾米丽。

再后来，她感觉有人在摇她的肩膀。

"艾米丽，快醒醒！你必须得看看这个！"

"什么？"艾米丽睡眼惺忪地坐了起来，"那咒语——"

"起作用啦！"

艾米丽眨了几次眼睛，为自己睡着而感到懊恼。其他派对客人们安静的身影悄无声息地沐浴在一道奇怪的白光里，柔和却明亮。她不知道这光是从哪儿来的，直到玛莎激动得忘了要压低声音，大声喊道："你没发现吗？它是从你的包里发出来的！"

艾米丽的蓝色背包，在几英尺外，闪烁着神秘的光芒。光芒从接缝处和口袋拉链的缝隙里一泻而出，仿佛曾有人想把月亮装进包里。

"小心点——它可能很烫。"

艾米丽把蓝色帆布包拖到她面前时发现它有些温热，于是她开始把里面的东西一件件地拿出来——洗衣袋、换洗的衣服、电话。她摸了摸放布鲁伊之书的秘密口袋，它很热却也不至于烫手，就像洗澡水一样。而当她拉开拉链的一瞬间，突如其来的亮光让她们都眯起了眼睛。

接着，突然爆发出一阵神奇的、五彩缤纷的闪光，以及玩具们特有的合唱声：

"生日快乐玛莎！"

这是一个令人难以置信和难以忘怀的景象。几十个戴着亮片帽子的漂亮玩具和布娃娃，一对接一对地穿过熟睡的派对客人们，高声唱着：

> 我们是希慕-莱特女孩，
> 要加入我们的歌唱吗？
> 我们的希慕-莱特奶油像梦一样甜美，
> 让你甜蜜一整天！

希慕-莱特女孩们行了屈膝礼，艾米丽和玛莎为她们鼓起掌来。

"哦，她们简直太棒了！"玛莎欣喜若狂，"可为什么大家都还是睡着的呢？"

明亮耀眼的光芒映照出客人们熟睡的模样，当玩具们成群结队从她们身边走过时，没有对她们造成任何影响。

皮帕跳到一旁的安泊尔头上："你喜欢吗？我们练了好几天了！"

"谢谢你，皮皮仔，我超爱。"玛莎说。

嘭嘭！

粗野刺耳的声音横扫了整个房间，几个玩具尖叫起来。

然后一个粗鲁的声音喊道："来个新奇的屁怎么样？"

突然，不知从哪儿冒出来更多的玩具在谷仓里行进着——那是一条很长的、散漫的队伍，玩具们又脏又破，用粗鲁的声音大声唱道：

> 你们是希慕-莱特劣质品！
> 那么高傲，那么卑鄙！
> 你们别以为自己有多了不起！
> 不过是因为你们干净罢了！

这些玩具当中有的没有头发，有的缺胳膊少腿，有的连填充棉都漏了出来，把希慕-莱特女孩们吓得直往后退。

紧接着又一个声音响起，勾起了一段非常久远的回忆。

"嗨，艾米丽！"

这个娃娃简直就是一堆破布——与其说是洋娃娃不如说是破布——两条发霉的红色毛线辫子，画出来的脸上挂着她龇牙咧嘴的疯狂笑容。

"监迪！"艾米丽喘着粗气说，"你在这儿做什么？"

监狱温迪双臂合拢，跳起了四岁的梅姿为她发明的"淘气舞"。

"别跳了。"艾米丽突然记起该如何与这个出了名的囚犯说话，"马上走开！"

"不！"监迪大叫道，"我们想当希慕-莱特女孩，可她们偏不让！"

惊恐的尖叫声在希慕-莱特女孩们中间此起彼伏。

"别荒唐了！"皮帕生气地跺着安泊尔·弗洛斯特熟睡的脸说，"你们又脏又臭！快别再破坏我主人的派对了。"

"不！"监迪转过身来朝她那群衣衫褴褛的伙伴们喊道，"好吧，女士们——你们知道该怎么做！"

脏兮兮的布娃娃突然以可怕的速度从睡袋上跳下来，跳到皮帕身上。

"救命啊！"黄色小熊尖叫道，"玛莎——快救救我！"

"住手——快把她放下来！"艾米丽伸手去抓那堆脏兮兮的、扭动着的破布娃娃，但她们躲闪得太快了。她瞥见皮帕头上顶着个麻袋——

　　然后所有的玩具都不见了，一个寂寥的声音响起："让我们做希慕-莱特女孩——否则我们就把她变成我们中的一员！"

　　谷仓又暗了下来。两个女孩呆呆地坐着，被刚才的情景吓蒙了。

　　玛莎轻声说："她们绑架了皮帕！"

18

烟 花

"皮皮仔在这儿——但是她不在这儿。"玛莎戳了戳那只小黄熊，"即使在她只是普通的毛绒玩具时，她的脸上多少也会显露出一点她的个性。现在的她看起来空空的，仿佛从未被赋予过想象一样。"

"这就是为什么我们会知道她被绑架了。"艾米丽说。

这是通宵派对后的周一下午，期中开始的时候。艾米丽邀请玛莎来喝茶，于是她们来到古玩店，把整个故事告诉了露丝——包括她们用魔法药水做的秘密实验（坦白这件事之后，真是让人如释重负）。

"确定那个是监狱温迪吗？"露丝皱着眉头，若有所思地看着她收银台旁桌子上那个"空的"皮帕。

"是的，"艾米丽说，"我在哪儿都能认出她来。你必须相信我们。"

"哦，我相信你们——我只是不明白这一切都是怎么发生的，仅此而已。让我理理思路。你的老朋友想成为一个希慕-莱特女孩，否则她会让皮帕变得跟她一样脏。"

艾米丽和玛莎点点头，她们都很严肃。这是嫉妒感染了斯莫克如的又一迹象。

"监迪认为你可以为她做什么呢——打电话给希慕-莱特工厂吗？"

诺迪的声音从架子上飘了下来："你可以寄一张申请表。然而事实是，他们的规定非常严格——必须得是干净、漂亮的玩具才行。"

"这不公平！"艾米丽惊讶地发现自己忽然对监迪产生了一丝同情，"为什么她不能成为希慕-莱特女孩，如果那是她想要的？在我讲给霍莉听的故事里，玩具们是可以成为他们想成为的任何东西的。这违背了斯莫克如的规则。"

"都怪那只蟾蜍，"诺迪说，"那个可恶的家伙把所有这些粗俗的东西带到了我们这片和平的土地上。我敢肯定你听说了西卡莫的失窃事件——整个顶楼！雨果简直是怒不可遏。如果你有几天没见到他了，那是因为他正忙于重建工作。"

"可怜的老雨果！"露丝悲哀地摇摇头，"一想到丹尼尔的玩具们这么伤心，我就很难过。我绝不会给他讲这样的故事。我们一定能做些什么。"

艾米丽问："会不会也有我的缘故，因为那魔水？"

"有可能，"露丝说，"但是我真希望你没有摆弄约翰的魔法。它不可能是安全的。请答应我别再这么做了。"

"好吧。"

我保证再也不念那个咒语了。

我不保证会放弃要尝试去见霍莉和布鲁伊的念头。

外面的一声巨响把她们拉回到了现实世界，波奇在桌子底下抽搐着，嚎叫着。

"亲爱的老猫！"露丝弯腰抚摸着他的头，"烟花之夜每年都会提前开始，它讨厌所有的爆炸。"

"我们的狗也这样，"玛莎说，"它们跟疯了似的，我们不得不把它们关在后备箱里。而且只能放那些不会爆炸的烟花。"

"是的，我们也是，"艾米丽说，"因为霍莉——"她差点说"因为霍莉不喜欢那噪声"。

去年的篝火之夜，艾米丽整个晚上都在霍莉的耳边轻声哼唱着布鲁伊的那些歌，并用布鲁伊的爪子抚摸着她的脸颊。妈妈说那样真的很有帮助。

"每当忌日到来之际简直就糟透了，"露丝说，"你忍不住会想起去年的这个时候。而烟花和圣诞节这类的事在丹尼尔不在的时候还会照常出现，这让我很伤心。时间是残酷的，它让我离他越来越远。"她沉默了一会儿，"你们知道吗，如果你们想救皮帕，也许应该先在物质世界里找到监狱温迪。"

"可她在梅姿家，"艾米丽说，"我得先让自己被邀请去她家。"

"她很可能会在篝火晚会的广场上，"玛莎说，"她妈妈总是负责蛋糕摊位。"

巴克斯通广场位于这个古老村庄郊区的一大片灌木丛生的土地上。每年那儿都有一场盛大的篝火晚会，壮观的烟火和为医院筹集资金而售卖的美味食物。艾米丽跟着梅姿和她的父母来过几次，但在过去的几年里，她因为太担心霍莉而没有离开家。现在她需要上那儿去，那可能是她在校外与梅姿交谈的唯一机会。

那天吃晚饭的时候，艾米丽尽量装作漫不经心地说："玛莎想约我去参加篝火晚会。她爸爸在那儿烤烧烤。"

"事实上，"妈妈说，"我答应过乔·米勒，我会带些蛋糕去摊位上帮忙。"

"所以……我们会去吗？"

"听说那儿还是挺好玩的，"妈妈说，"而且我觉得去那儿总比待在家里与回忆做伴好一些。"

*

当晴朗、苍白的天空变成深邃的墨蓝色时，篝火晚会就开始了。天气很冷，当妈妈发现艾米丽没有戴帽子时，她们发生了一点小小的争执。艾米丽不能告诉妈妈，她能找到的唯一一顶暖和的帽子是霍莉的。她们拿着几盒蛋糕早早地就到了，那巨大的，有房子那么高的火炬才刚刚点燃。空气中弥漫着一股令人兴奋的烟火味，一个个黑乎乎的人影在摇曳的橘红色火焰的映衬下显露出来。

梅姿的妈妈已经在离火很远的地方架好了她的食品桌子。她看到一盒盒蛋糕很是高兴。

"这些蛋糕看起来棒极了——非常感谢！你确定不介意在摊位后面干会儿活吗？"

"一点也不。"妈妈红光满面地说，她喜欢做这样的事，"嗯，你和梅姿为什么不赶在排长队之前去烧烤摊上拿点好吃的过来？"

梅姿和艾米丽对视了一眼。争论是没有意义的，她们的妈妈认为她们仍然是朋友。她们默默地一起穿过崎岖不平的草地，向围在烧烤摊周围的人群走去。艾米丽不得不紧挨着梅姿，因为这会儿天很黑而梅姿手里拿着电筒。一枚火箭烟花从她们头顶上呼啸而过。

她们之间的沉默持续了很久很久，直到艾米丽再也无法忍受了。

"夏茉呢？"

梅姿觉得有些蹊跷——她顿了一会儿，确定艾米丽不是在讽刺她后才答道："她不得不待在家里。他们正在举行一个盛大的宴会。"

"哦。"

"她自然是邀请我去参加宴会了。"梅姿愤愤地说，"但是妈妈非得让我来这个蹩脚的地方，以示支持。"

"哦。"艾米丽再次应道。

"这下你高兴了吧。"

"好啦，梅姿！我为什么要高兴呢？"

"这个……"没有夏茉在，梅姿就没那么自信了，"因为你妒忌。"

"梅姿，那些纸条不是我写的。你知道是谁写的。"

"别荒唐了！"她现在显得很紧张，"这事搞得我头都大了。你真是奇怪，现在我居然连做梦都会梦见！"

"你梦见什么了？"这真令人兴奋，如果梅姿开始梦见那些玩具了，也许她就不会再把纸条的事怪在艾米丽身上了。

"没什么！"梅姿的愤怒中夹杂着恐惧，"别烦我！"

艾米丽只得咽回了那一大堆的问题。她们走进灯光闪耀的烧烤摊，那儿已经排起了一小队人。玛莎的爸爸向艾米丽招招手。他系着的塑料围裙上写着"MASTER（主人）"的字样。

"嗨，艾米丽！"玛莎站在他旁边，她的围裙上写着"SLAVE（仆人）"的字样，"嗨，梅姿——汉堡还是香肠？"

烟火越来越响了，巨大的篝火在人群中投射出令人目眩神迷的橘色光芒。一枚火箭在他们头顶上划出一道白光。有那么一小会儿，艾米丽觉得她看见草地上有什么东西在动，像有一群小动物，但下一道闪光出现的时候又什么都不见了。

　　我可能是有一点走火入魔了。

170

"底下有番茄酱和芥末酱！"玛莎递给她们每人一个热狗，上面还铺着炸洋葱。"嗷，你们闻到这香味了吗？我已经吃了两个了。"

当你在吃热狗的时候，就很难开口说话，更别说继续争论了。艾米丽和梅姿站在一起，离烧烤摊只有几英尺远，狼吞虎咽地吃着美味的热狗，眼睛注视着烟花。在一种近乎友好的寂静中，艾米丽感觉梅姿的脾气渐渐好起来了——她总是很容易被烧烤征服。

这意味着我们还能成为朋友吗？

她们可能再也没法回到从前了——她们都跟原来不一样了。但是她们没有理由不能一起开怀大笑啊。艾米丽很想念梅姿那疯狂的幽默感。

她懂得霍莉最喜欢的所有声音。

艾米丽不愿先开口。

但是当然——她非常了解她——梅姿不管做什么都要抢在前面。艾米丽还没吃完热狗，梅姿就狼吞虎咽地吞了下去。"真好吃！夏茉他们吃沙爹鸡——可我更想吃这个，你呢？"

她们之间出现了微妙的变化，仿佛一堵看不见的墙轰然倒塌了，突然之间，就那样，一切都好了。如果这还是以前的那个梅姿，要给她讲一个不着边际的玩具故事也许并不难。

你原来的布娃娃绑架了玛莎的熊熊。

当然，这听起来很荒谬。艾米丽和玛莎已经商量好了，在玛莎从烧烤摊那儿帮忙回来之前不告诉梅姿任何事情，这样她们就可以一起讲给她听了。

"好啦，我现在有空啦。"玛莎从黑暗中冒出来站在她们面前，"我们去蛋糕摊吧。我妈妈在那儿做热巧克力。"

"快停下！"一个奇怪的小声音突然尖叫起来，"你们还没有听到我们的要求——哎哟——真讨厌——我被缠住了！"

有什么东西在玛莎脖子上的条纹围巾褶子里使劲地扭动着。

"什么——"梅姿瞪圆了双眼，仿佛被雷击一般，只见一只黄色的小脑袋钻了出来。

"皮皮仔！"玛莎喊道，"真的是你——你总算回来了！"她一把抓住她的熊熊，紧紧地抱着她，"真把我给担心死了！我还以为你被绑架了呢！"

"哦，是的，"皮帕说，"不过一切都结束了。我所谓的绑架者为我讲述了她们可怕的经历，现在我站在她们那边了。"她毛茸茸的小脸挤出了一个骄傲的微笑，"她们让我做她们的领袖，所以现在我和她们一起生活，还教会了她们如何制作漂亮的窗帘。请告诉雨果，我不会再回西卡莫了，我为顶楼的事深感抱歉。"

"你是说——是你干的？"艾米丽感到惊讶和不安。这听起来不像是出自可爱的小皮帕那缝出来的小嘴，"你就是那个偷了西卡莫顶楼的罪犯？"

"我所有的东西都在那儿，我懒得打包搬走了，"皮帕轻快地说，"我忙着制作样本唱片呢。"

梅姿发出了一种奇怪而刺耳的尖叫，艾米丽在一闪而过的烟火中瞥见了她吃惊的神情。

接着，她们的脚边响起了一阵吼叫声。

"我们需要什么？"

"更好的人类！"

"我们什么时候需要他们？"

"现在！"

喊声来自一大群又脏又破的布娃娃。其中一些布娃娃举着标语牌，上面写着：

"给大家换新头发！"

"帮我们洗脸！"

"将我们填满！"

梅姿看上去像是要晕倒了。她紧紧抓着艾米丽的手臂："这是什么？发生了什么事？"

"这是一场抗议游行！"一个熟悉的声音吼叫道。

一团破布从那群脏兮兮的队伍中跳了出来，快速跑过草地。

"监迪！"梅姿哽咽道。

"嗨，梅姿！"监迪说。

19

要 求

这是梅姿有生以来第一次变得目瞪口呆。

"监迪，快走开，"艾米丽说，"这是人类的派对——快回你自己的维度去。"

"不！"监迪喊道，"除非你们听到我们的要求！现在斯德维不见了，没人能阻止我们！"

她身后衣衫褴褛的乌合之众爆发出愤怒的吼声。

"我想应该没人能看到他们。"玛莎环顾了一下其他人，"或听到他们。好像没人注意到什么！"

"告诉他们，监迪！"皮帕大叫着，"别让那些人把你吓跑！"

"好吧，"监迪说，"梅姿·米勒，你有二十四小时的时间来将我修好！"她挥舞着一张脏兮兮的小纸片，"这是我的要求清单。"

艾米丽弯下腰去拿起来。光线刚够看清用紫色蜡笔写的那歪歪扭扭的字母。

1. 新的豆（头）发。
2. 一张看起来不再古怪的新棉（面）孔。
3. 一条新裙（子）。
4. 几只金色的小靴子。

"听好啦听好啦！"有人在队伍里大喊道。

还有人大声喊叫着："修好她！"

"斯莫克如已经时过境迁啦，"皮帕说，并且极不耐烦地在她主人戴手套的手里扭动着，"现在我们可以顶嘴了！"

"算了吧，"艾米丽说，尽量让自己听起来比较通情达理，"你知道梅姿根本没法做到啊！"

"二十四小时。"监迪无情地重复道，"我知道怎么修好那扇破门。但如果你不帮我，我就将它敞开来！"

愤怒的布娃娃们忽然消失了，而皮帕也再次变回了一只普通的毛绒玩具。

一切又都恢复到了普通的烟火派对。艾米丽、梅姿和玛莎盯着彼此惊恐的脸庞，面面相觑。

"破门？"梅姿低声道，"她到底在说什么？"

"说来话长。"艾米丽从没见她曾经最好的朋友这么慌乱过，这使她不得不把注意力从可怕的监迪和她的要求中拉回来：

"你没事吧？"

"我……我不知道。你是怎么做到的？"

"你看起来都快晕倒了，"玛莎说，"我们去喝点热巧克力吧。"

她们仨——玛莎和艾米丽一人一边拽着梅姿——来到玛莎妈妈生意兴隆的热巧克力摊上。

"嗨，姑娘们！"露丝在酒吧外的一张桌子前向她们挥手，她之前和书友会的两个朋友坐那儿看烟火。他们刚走，留下一堆酒杯。

玛莎说："我想知道她有没有看到什么？"

和露丝一起坐在桌子旁让人感到些许宽慰，露丝热情地挪开了几只玻璃杯，为她们的杯子腾出地儿。艾米丽一口气（尽管玛莎插了几次嘴）向她讲述了破布娃娃们的抗议游行和监迪可怕的威胁。

露丝非常认真地倾听着。"这么说小皮帕投靠另一边去了——没想到玩具还会得斯德哥尔摩综合征！"看到没人知道那是什么，她很快补充说，"意思就是说被绑架的人开始认同绑架者了。至于监迪和她那些厚颜无耻的要求，我完全没想到玩具会成为敲诈者。"

"她只给了我们二十四小时，"艾米丽说，"然后她就不见了，我还没来得及让她明白这是完全不可能的——我的意思是，我们到哪儿去弄那些金靴子啊？"

"我觉得你大可不必为那二十四小时而惊慌失措，"露丝说，"玩具们在辨认时间方面很白痴的——这样吧，想想看布谷鸟给雨果和斯米菲惹的麻烦就知道了。梅姿，是你想象出监狱温迪的。她会看时间吗？"

梅姿的脸色已经不那么难看了。现在，她感到既兴奋又困惑："不，她没那么聪明。不管怎么说，那时的我自己都还不会看时间——我才四岁。"

"如我所料。"露丝明智地点点头，"等她来的时候，我们就简单地告诉她她来早了就行。"

"对不起，我还不太明白，"梅姿说，"我不明白那扇破门是怎么回事——为什么它那么重要？"

"因为错误的东西进入了错误的世界，"露丝说，"可怕的东西即将入侵物质世界，这是很糟糕的，因为这个世界很复杂，需要由那些不是被棉花填充的人类来管理。而斯莫克如则被更糟糕的东西入侵了。"

伴随着一阵寒意，艾米丽想起了给她带来不祥预感的那个读书会的晚上，想到自己是在场唯一一个没有变得傻乎乎的人，就感到有些毛骨悚然。"我们能做点什么吗？"

"我们可以试着向监迪的要求妥协。"露丝看着梅姿，"把她带到我这儿来，让我把她收拾一下——这可以为我们争取更多的时间。"

"但我做不到，"梅姿无助地说："我根本不知道她在哪儿！"

★

直到接下来的那个周二，放学后梅姿把艾米丽和玛莎带回她家喝茶，她们才总算有机会彻底搜寻监狱温迪的行踪。

"夏茉非常生我的气，"梅姿沮丧地说，"她今天想让我和她一起回家，而且她也不相信我的任何理由。"

"也许你应该跟她说实话。"玛莎说。

"她根本不听。她觉得玩具很无聊。她所有的旧玩具都被扔掉了。现在她都不理我了。"

艾米丽非常了解梅姿的感受，而且有点（只是有点）同情她了。现在轮到她来忍受这种不被关注的冷遇了。"不会太久的。我们只要找到监迪，把她交给露丝就行了。这不会有多难吧？"

霍莉去世之前，艾米丽几乎都住在梅姿家里。假期结束的那天，爸爸妈妈把她送到梅姿家，这样她就不用眼看着那些人拆走霍莉的升降椅了。

梅姿的妈妈边把车停在车道上边说："欢迎回来，艾米丽——我们都想你了！"

现在没时间感到尴尬了，她们已经制订好了计划。

"妈妈，我们可以到车库玩会儿吗？"梅姿尽量让自己听起来很随意，"我发誓我们不会把它弄得一团糟。"

"我们在找东西。"玛莎补充道。

"你在那儿什么也找不到。里面全是些我不知道该怎么处理的让我罪恶感满满的垃圾。它们被灰尘覆盖着。"梅姿的妈妈有些怀疑,"你不想带艾米丽和玛莎到你的房间去吗?"

"就一分钟。我们还是得去看看。"

她们把书包和外套扔在门厅里,然后梅姿打开了通往车库的门。她拧开灯来,然后三个人在那儿郁闷地愣了一会儿。

梅姿哼哼唧唧地说:"这将是不可能完成的任务。"

看起来确实很令人绝望。这里连放一辆小汽车的空间都没有。梅姿家的车库里堆满了垃圾——两台坏了的割草机,一辆旧的健身自行车,箱子、箱子、箱子,一直堆到天花板。

天寒地冻的,艾米丽颤抖着将自己抱住。布鲁伊似乎比以往任何时候都要遥远。"你确定她会在这儿吗?"

"不!我一直在努力回忆我的旧玩具是什么时候被放到这儿的——我想应该是粉刷房子的时候。妈妈不会不告诉我就乱扔东西的。"

"你们并没有在用魔法思维思考,"玛莎说,"监迪!告诉我们你在哪儿!"

四周一片寂静。

"这也太荒唐了。"梅姿说。

"监迪!"艾米丽竭力让自己听起来坚定有力(虽然感觉自己在梅姿面前显得有点白痴),"别淘气了——是你叫我们到这儿来的!"

一个无礼的声音答道:"不!哈哈哈!"

她在这儿——两个女孩的眼神闪现出一丝胜利的神色。

"你来试一试。"艾米丽推了推梅姿，"你是她的主人。她理应听你的话。"

"呃——监迪……"梅姿试着说道，"告诉我们你在哪儿……马上！"

"不！"

"交给我吧，"玛莎说，"监迪，你要是不出来露个脸，我怎么帮你量脚做金靴子呢？"

艾米丽开口道："什么？"

"我在袋子里发现了一些旧货市场买来的金色料子，"玛莎小声说，"我相信露丝一定可以用它做出一些小靴子的——嘘！"

一阵窸窸窣窣的声音之后，一个脏兮兮的小脑袋突然出现在一堆摇摇欲坠的纸箱顶上。

"金靴子！"监迪那张疯疯癫癫的脸上充满了喜悦，"我的梦想终于实现了！"

在几次狂野的跳跃之后，她灵巧地扑进了梅姿的怀里。

"哇——你是怎么做到的？"梅姿把这个脏兮兮的小东西举到一臂之遥的地方，突然大笑起来，"她完全把我给忽略了，但她却听你的。"

"我认为玛莎是一个天生的玩具语者。"艾米丽说，"我认为有些人在和玩具说话方面有特殊的天赋。这是他们与生俱来的——这就好比好的歌喉，或者蓝色的眼睛。这也是皮帕选择她的原因。"

"哇。"梅姿盯着她的旧布娃娃,突然笑了起来,"你不能把监迪的过于调皮全怪在我身上。她至少有一半是你创造的——你的想象力比我的好得多。事实上,我很想念那些你时常编故事给我听的日子。"

"多谢。"知道梅姿并没有忘记,艾米丽深感欣慰。

"除了名流,夏茉什么都不愿谈论。"梅姿说,"这有点无聊,当我把她们搞混了的时候,她总是嗤之以鼻。但她们看起来都一样——亮橙色还有怪怪的嘴巴——我总是傻傻分不清。"

"有一股大风正对着我的裙子吹,"玛莎说,"我们快回到暖和的地方吧。我们可以分头做路易斯太太的家庭作业,然后互相抄答案。"

监迪现在成了一团软绵绵的破布。五分钟后,她们像三个普通的、没有魔法的女孩一样,舒适地围坐在梅姿家的餐桌旁。

20

金靴子

"夏茉在生我的气，"梅姿说，"她不明白我为什么又要像原来一样跟你一起回家，而我不过就昨天这么做了而已。我试着告诉她是我妈妈命令我这么做的——但她只说了句，'你什么时候听过她的话？'然后就和那个愚蠢的劳拉·布拉迪走了，而且一整天都在和她窃窃私语。而我知道她根本不喜欢劳拉。"

梅姿这一天都过得不大好，情绪很低落。

艾米丽当然很清楚她的感受，但正如她父亲所说的"拿我最小的小提琴来"，意思是他很抱歉，但也没那么抱歉。

我一个人都没有，而她却有我们。

"没事的，"玛莎说，"你还有我们。"

"啊！要对付你们两个——真是社交末日啊！"梅姿突然又

开起玩笑来，"难道你们不想去看看露丝把监迪打整得怎么样了吗？"

"不管怎么样，"艾米丽说，"我们必须说她看起来美极了——如果我们让她心情好起来了，也许就能说服她帮我们把门修好了。"

她们三个人在放学后的一片混乱中等待着，女孩们、自行车和汽车将主入口团团围住。艾米丽的妈妈来了，（正如她所预料的）妈妈很高兴她带回来了两个朋友。

"如果你父母同意的话，我完全没有意见。我知道我做那个柠檬蛋糕是有原因的！"

"真美味！"梅姿贪婪地微笑着说，"我的最爱！"

她们不能在艾米丽妈妈面前谈论玩具。不过一路上还是有很多可以谈论的，因为艾米丽的妈妈自愿为《爱丽丝梦游仙境》这部戏制作服装。除了艾米丽的爱丽丝礼服，她还为梅姿精心制作了一套都铎王朝时期的礼服，就像书中红皇后穿的那样。艾米丽仍然在为这部戏而紧张，但也逐渐开始兴奋起来。他们要进行两场全套的演出——一场是为全校师生演出，另一场是在接下来的那个晚上为亲朋好友们演出。

"我很害怕，"梅姿说（实际她并不害怕），"每当我想起那座巨大的礼堂和面对那人山人海的观众。"

艾米丽把这幅可怕的画面从脑海中抽了出来，开始想象监迪的改头换面了——真的有可能让她看起来像一个普通的布娃娃吗？更重要的是，她真的知道如何打破这两个世界之间的屏障吗？门自然必须得修好，但在这之前艾米丽必须找机会先见见布鲁伊。

三个女孩一到家就直奔露丝的古董店（艾米丽对她妈妈撒了一个小小的谎，说是露丝在协助她们完成一个学校的项目）。她正坐在收银台背后的椅子上等她们。

"把牌子翻个面。"

艾米丽把门上的标志牌从"正在营业"转成了"停止营业"。

"诺迪——现在你可以开口说话了，"露丝说，"但不能捣乱哟。"

"好吧，露丝。"诺迪说。他站在架子上，伸了个懒腰，"露丝今天有一点生我的气，"他安逸地说，"因为我当着几个顾客的面唱了一首歌。"

艾米丽和玛莎告诉过梅姿诺迪的事，但这并没有为她见到活的诺迪做好准备——她先是目瞪口呆，然后突然大笑起来。

"瞧他多可爱啊！"

"谢谢你，梅姿，"那只老熊说道，"监迪小姐把你的一切都告诉我啦——等着瞧吧！"

"别期望太高。"露丝压低声音说，手上拿着一个鞋盒。"我已经尽我所能了——她很开心，那是最重要的。"她揭开了盒盖，"她在这儿，伙计们——崭新的监狱温迪！"

"哒哒！"那个破布娃娃身着一套色彩艳丽的服装跳了出来。

如果艾米丽毫无防备的话，她一定会放声大笑的。她不得不咬着腮帮来使自己保持严肃的表情，她也不敢看其他人。她们可得罪不起那个勒索人的玩具。

露丝已经使出了浑身解数——可是监迪看上去比以前更疯狂了。

红色的毛线辫子不见了。她现在有了一头全新的深紫色的头发，它们被非常巧妙地缝在玉米垄上。她的洞已经被补得整整齐齐，裂开的缝也补好了。露丝为她做了一件漂亮的橙色小礼服。那张脸显然成了问题——尽管露丝用笔为它修饰了一下，但没有什么能使她那龇牙咧嘴的大笑显得不那么古怪。

"监迪，你真美！"梅姿宣布道，"对不对？"

"哦，是的……"玛莎立马接着道，"非常……非常……新潮。"

"优雅，"艾米丽说，"露丝，这简直精美绝伦！"

每个人都放弃了要忍住不笑的想法。看到监迪骄傲地在柜台上走来走去炫耀她的新裙子时，想要不笑是不可能的。

"你们谁都没注意到它们。"监迪抬起一条腿，"快看我的靴子！"

露丝用玛莎从一盒杂货中拯救出来的有弹性的金色材料做了一双意义非凡的靴子。监迪的腿像粗短的香肠，而那双靴子更像是袜子，但监迪很喜欢它们。她开始跳起舞来，并不在意大家几乎都笑出眼泪了。

"我们已经满足了你所有的要求。"露丝待大家都安静下来后立即说道，"现在给我们讲讲那扇破门吧。"

"哦，那个！"监迪漫不经心地说，"我们现在没法修理它。"

"什么？可你承诺过的呀！"

"黑蟾蜍跳了上去，打了一个大洞。"监迪盯着她的新靴子，"这已经不是什么秘密了，任何人都可以离开斯莫克如去物质世界透透气。只有斯德维能修好它，可他不见了。"

"我们当初就不应该相信你。"梅姿生气地说。

一个尖锐、高亢、甜美的声音说："这么说你就是梅姿了！你的布娃娃告诉了我许多关于你的事！"

突然间，没人知道是怎么回事，两个芭比娃娃出现在商店的柜台上。一个是漂亮修女，穿着黑色修女服，另一个是——

"太普修女！"艾米丽花了好一会儿才认出她来。

"嗨，艾米丽。"那异常美丽的太普修女不再一身修女打扮了。她披着一头美丽蓬松的秀发，身穿一件富丽堂皇的紫色绸缎晚礼服，高贵而华美。"现在的我只是太普了，如果你不介意的话，我不再是修女了。我那样做只是为了和漂亮修女做伴。"

"我已经原谅她了，"漂亮修女相当生硬地解释道，"她还在盒子里，这不是她的错。我现在明白了。"

"我再也不用戴着那个大口袋了，对吗？"

"不用啦，亲爱的，"漂亮修女说，"那口袋已成往事。多亏了皮帕那鼓舞人心的电视节目，我才明白我嫉妒别人是多么愚昧。现在我们可以和人类对话，这是多么非同寻常啊。"她优雅地向露丝鞠了一躬后说，"我们只是来给您我们的订货单的。"

"对不起——你们的订货单？"

"当然是为了金靴子啦！"漂亮修女说："38双——是给我、太普和所有参加我的芭比尊巴课的人。我明天来取。"

两个芭比消失了。

"哦，我的天——那是真的吗？"梅姿盯着那空空如也的地方，像个梦游的人一样眨着眼睛。

"我是不会做38双金靴子的，"露丝说，"这是古玩店，不是靴子厂。"

"告诉她上斯玛特维德那儿买吧。"诺迪说。

"那是玩具们的百货商店，"露丝看到梅姿的困惑的表情后很快地说，"丹尼尔和我逛了塞尔福里奇百货商场后创造的。"

"哇！"梅兹的脸容光焕发，"这真是不可思议——我居然和玩具说话了！非常感谢你让监迪得到了改头换面的机会。你一定花了好几个小时！"

"我很高兴你喜欢她这个样子，"露丝对梅姿微笑着说，"头发是最花时间的。我工作的时候还得忍受她一刻不停的评论——你那个固执的小布娃娃每缝一针都要争论不休！"

"她看起来真棒。我本来想说'就像新的一样'，但我不记得她刚来的时候长什么样了。监迪，快说谢谢。"

"屁股！"监狱温迪说。她撩起新裙子，粗鲁地露出破烂的屁股。

艾米丽和玛莎都快笑喷了。

然而，梅姿始终板着脸："别淘气了——那顶上的架子还有空间再放个监狱呢！"

"不！"监迪跺着一只金色的脚说："我会逃跑的！"

"快对露丝说谢谢。"

"哦，好吧——别忘了带上你的标签！"监迪绷着脸说，"谢谢你帮我做金靴子。满意了吧？"

"你始终记得如何与她说话，"玛莎说，"而她也仍然听你的。"

艾米丽的手机哔哔地响了，是妈妈发来的短信，叫她们三个女孩来喝茶，一起吃柠檬糖水蛋糕。

"你们最好把监迪留在我这儿，"露丝说，"斯莫克如发生了一些变化，我不放心她出现在你妈妈面前。我把她塞进手提包里，这样她就可以跟我一起去上减肥课了。"

*

很久很久以后，玛莎和梅姿都已经回家而且已经吃过晚饭后，艾米丽的手机又响了。

是露丝发的短信，她是个讨厌发短信的人。"到外面——一个人来。"

妈妈和爸爸正在客厅里看电视。艾米丽蹑手蹑脚地走出房子，露丝正等在前门外。

"看看我，"露丝上气不接下气地说，"我的意思是，看看我这个样子！"

在昏暗的街灯下，艾米丽看到露丝身上满是一坨坨红色的黏糊糊的东西。

"果冻，"露丝说，"我去了减肥中心，然后我们来了场果冻大战！"

"什么——每个人？"

"是的！"一大块果冻从露丝的头上掉下来，落在路上。"情况不妙，艾米丽，应该说情况确实很糟糕。必须马上把那扇门修好。"

"但在我见到布鲁伊之前不行！"艾米丽抗议道，"得等我见到他以后才能把门修好！"

"对不起，我们不能再等下去了。"

"难道你就不想见见丹尼尔吗？"

"只要他开心就好，"露丝坚定地说，"我愿意放弃想要见他的念头，只要斯莫克如变回那个令人愉快的地方。我们必须找到斯德维！"

21

企鹅协会的郊游

如何才能找到一只老魔法熊呢?

圣诞将至，波顿小镇唯一一个百货商店的橱窗里摆满了各
式各样崭新的毛毛熊——鲜亮、光滑却又空洞，等待着被想象充
满。这些棉花团中丝毫没有斯德维的痕迹，只突显出第一个没有
霍莉的圣诞节的悲伤基调。

去年的这个时候，艾米丽为布鲁伊做了一个小小的纸板王
冠，面上涂成金色，镶着用水果树胶做成的珠宝。霍莉看不见戴
着王冠的皇家布鲁伊的形象，但艾米丽温柔地指引她用手指感觉
他的样子，她高兴得吹起气来。

我们总会先拆布鲁伊的礼物。

他们今年会怎么做？他们如何承受得了呢？

艾米丽的奶奶通常在圣诞节那天和妈妈的妹妹一起来吃午饭。

今年奶奶要去朋友家，而贝基姨妈则要去果阿邦。

妈妈为此感到难过："她们都在逃避我。她们知道这有多痛苦，她们无法面对。"

"想想好的一面，"爸爸说，"她们不来的话可以减少很多的工作量。我很想过一个不用听妈妈抱怨的圣诞节。我当然更不会想念贝基那一盒盒可怕的素食。"

"但是会很冷清的，"妈妈悲伤地说，"就我们三个。"

还有霍莉曾经待过的那片空空如也的地方。

"这将是有史以来最糟的圣诞节，"艾米丽告诉露丝，"我希望我能沉沉睡去，并在它结束时醒来。"

"第一个圣诞节是一个杀手，"露丝说，"你只需要下定决心度过这段时间——如果你不期待它能有趣，你就会更加感激任何美好的事情。"

"丹尼尔死后你都做了些什么？"

"实不相瞒，那个圣诞节是我想死的时刻之一。没有他，这一切都毫无意义——把树支起来的时候，我哭了整整一个小时，因为我的丹尼尔没有任何礼物可以放在树下了。"露丝轻轻地抽了抽鼻子，"噢，那只黑蟾蜍痛快地和我玩了一阵子！我去哥哥家和他的家人住在一起，但我觉得自己是世界上最孤独的人。"

我们有三个人——而她却孤身一人。

"真是太惨了。"艾米丽说。

"当水管爆裂时，情况好多了，"露丝说，"圣诞节那天他们找不到水管工，所以我和哥哥不得不爬到阁楼上把洞堵住——这正好帮我把注意力从黑蟾蜍身上挪开。我哥哥的屁股卡在一个纸板箱里，我差点没笑死。他甚至比我还胖。"

"啊——露丝和艾米丽！"突然，柜台上冒出来一只专横的小企鹅，"我正找你们呢。"雨果拿着一个写字板，头上戴着一顶像是畚箕和紫色天鹅绒扫帚的帽子，"我正在为郊游收集名单呢。"

"雨果！"艾米丽见到他高兴得几乎要哭了。露丝认为没有听到玩具的消息是个好兆头，但艾米丽讨厌这样。

"见到你真高兴！"露丝友好地拍了拍他，"你的顶楼重建好了吗？"

"哦，是的，"雨果说，"它比原来那个更好，所以当皮帕承认是她偷了顶楼时，我原谅了她。"

"帽子很可爱。"艾米丽说，"有斯德维的新消息吗？"

"没有，我们还没找到他，这事情很棘手。他不再调节天气了，现在天气太热了，我们的巧克力货币都在融化。昨天发生了一起抢银行的大案，但轻轻松松就把罪犯抓住了——他们留下了好多巧克力脚印。"

"玩具银行劫匪！"艾米丽吓了一跳，"那不可能！"

"没有什么不可能的了。"雨果说，他那悲伤的表情和他傻乎乎的脸庞完全不搭调，"尖尖头的情况变得越来越糟了。今天早上，几个卑鄙的塑料恐龙偷走了我们的滑梯——可怜的老斯米菲还在上面！"他叹了口气，看着他的写字板，"现在听我说，你们要来吗？"

"对不起——来哪儿？"艾米丽问道。

"当然啦，"露丝说，"我差点忘了——下周三是企鹅协会一年一度的郊游日！今年你们打算去哪儿，雨果？"

"这是一次神秘的旅行，"雨果说，"这意味着当我们到达那儿的时候将会有一个巨大的惊喜。我的车厢里还剩几个非企鹅专用的座位。"

露丝爱抚着他那不可一世的小脑袋："我很想去，但我得工作。"

"我得去参加学校一日游，"艾米丽说，"我们要去参观诺顿工厂。"

*

馅饼工厂是波顿最大的雇主，艾米丽她们班就有9个女孩的父母在那里工作。那个地方非常大，有很多建筑，就像一座小城。艾米丽以前来过这里，但只到过他们会计师所在的那幢暗灰色的办公大楼。

"他们正在推一款新的馅饼。"安泊尔·琼斯说，她妈妈在对外宣传部工作，"焦糖苹果味的。"

"听起来不错，"玛莎说，"我希望他们能让我们尝尝。"她们都在大巴上，她就坐在艾米丽旁边。她用胳膊肘轻轻地碰了碰艾米丽，小声说："我把皮帕留在家里了——监迪呢？"

"有露丝照看她，"艾米丽小声回答，"梅姿让她保证不惹麻烦。"

梅姿就在过道的另一边，紧挨着夏茉，假装没有听到艾米丽在说什么——她们已经形成了默契，因为夏茉已经起了疑心，她是那种不可能谈论像玩具这类幼稚东西的人。

艾米丽在诺顿工厂里时刻警惕着任何犯蠢的迹象，比如她父亲在闪光的影响下胡乱说出的扔馅饼的话。虽然到目前为止，一切看起来都很正常，也许他只是一个孤立的案例，感染还没有扩散。

大巴在一个巨大的灰色厂房外停了下来。

"安静！"路易斯夫人是今天活动的负责人，她丈夫在工厂里担任重要职务，"让我提醒你们，当你们穿着海丽特·凯特莫尔的校服时，你们就是学校的代表，我希望你们能够举止得体！"

她把女孩们领进了对外宣传部，那是一间很大的办公室，里面有沙发、盆栽植物和工厂的历史照片，还有一股拔丝苹果的香味。

"噢！"玛莎哼了一声，"这味道引得我肚子都咕咕叫了，而我们才吃过午饭！"

"整个地方都散发着糖果的甜腻味。"夏莱喃喃道，"我觉得很恶心。"

"嗨，大家好。欢迎来到诺顿工厂。"一位身穿漂亮红西装的年轻女士出现了，"我叫克莱尔，今天下午我将带领你们参观工厂。你们将体验我们最新研发的苹果派的整个生产过程——是的，它闻起来是不是很诱人？首先介绍一下相关历史：工厂成立于1876年，当时一位名叫约瑟夫·诺顿的波顿年轻面包师……

这并不是很无聊，但每件事都很平常，这让艾米丽少了很多焦虑，她也放松了下来，可以集中注意力了。

首先，她们得穿上分发给她们的白大褂和白帽子，然后把蓝色的小塑料袋套在她们的鞋子上。她们看到生苹果去皮去核后，就被放进一个几乎和艾米丽家一样大的金属缸里烹制着。她们还看到一个巨大的机器把标准的圆形糕点扔到传送带上，另一个机器用塑料袋包装每一个做好的馅饼。

"现在，到了最后一个阶段，"克莱尔说，"品尝！"

艾米丽的脚开始疼了，拔丝苹果的浓香味使她有些头重脚轻了。"总之没有什么麻烦的迹象。"她小声对玛莎说。

"我可不那么确定。"玛莎轻声答道，"快看！"

她指着一个红色的气球，气球缓缓地飘在她们上方温暖、甜蜜的空气中。

没有人注意到这一点，尽管鲜红色的气球出现在馅饼工厂似乎有些不合时宜。

然后一个熟悉的声音叫了起来："大家都跟上！不要掉队！"

突然，雨果出现了，他带领着一队长长的玩具企鹅，还有斯米菲、漂亮修女和太普，走进厂房。所有的玩具都穿着白大褂，戴着帽子。漂亮修女帮斯米菲推着一个带轮子的大篮子。

"那是谁的气球？"雨果厉声说，"我想提醒你们，当我们在这家工厂的时候，我们是企鹅协会的代表——我希望你们举止得体！"

"艾米丽，请告诉我你能看见他们，而且你没有变傻！"玛莎在她耳边嘟囔着，"请告诉我，我不是唯一一个！"

"别担心，"艾米丽说，"我能看见他们，一清二楚。"

"快看其他人——他们怎么了？"

其他人看起来就像橱窗里微笑的假人。路易斯太太咧嘴笑着，这使她年轻了好几岁。拔丝苹果的甜腻味越来越浓。人类和玩具完全忽略了对方的存在（艾米丽注意到，玩具们通常要在被叫住之后才会发现周围有人）。

"这次郊游真的有趣极了，"漂亮修女说，"我都不知道这个著名的馅饼工厂是由两只拼搏的毛毛熊和一匹塑料马创办的！"

"历史讲得够多啦！"队伍中有人喊道，"我们什么时候才能去野餐？"

玛莎小声问："这是书店里的那只海雀吗？哇哦。"

"闭嘴——我们是严格按照时间表进行的。"雨果坚定地说，"野餐会在馅饼大战之后举行。"

"完全正确，"漂亮修女说，"所有的馅饼都包含在费用里了。"

"能扔多少就扔多少。"斯米菲补充道。

"噢，哇！"玛莎笑得浑身发抖，"把这个写进报告一定会很有意思！"

艾米丽也笑了，尽管在这样的愉悦中有一种恍若隔世的感觉。在记忆中一个美好而不痛苦的部分，她仿佛突然看到了霍莉神采奕奕的笑脸。

馅饼大战是你最喜欢的故事。

布鲁伊进入了全国决赛并彻底击败了道格勋爵。

我把覆盆子吹到你胳膊上了——啪！

"好啦，我们的参观到此结束。"克莱尔对这群没有知觉的人说，"是时候让你们亲口尝一尝我们的最新产品了。"

一阵烟雾飘过，她身后的门上突然闪现出一个新的标志：投掷室。

"这个我喜欢！"玛莎在白大褂下摸索着从她的口袋里掏出手机（他们被告知要把手机和包留在外面，但玛莎的手机是她最重要的生日礼物，她无法忍受与它分离）。她开始拍照，"我希望他们出来——你没事吧？"

"我很好。"艾米丽下意识地说。

"只不过你的嘴唇颜色怪怪的。我的也这样吗？"

打开门，里面是一个宽敞明亮的房间，房间里摆着三张长桌。每张桌子上都堆满了稀奇古怪的卡通馅饼。这地方到底有多大啊？艾米丽眨了眨眼睛，桌子和馅饼都缩小到了玩具的高度——玩具们高兴地叫喊着朝他们涌来。

"接招！"太普喊道，一个馅饼飞过房间，落到雨果的脸上。

玩具们互相扔馅饼的时候，投掷室变成了一场魔法风暴派对。他们觉得被打到很有趣，还拍下了自己脸上溅满果酱的滑稽自拍照。

然后，一个真正的人类馅饼扑通一声落在艾米丽的脸上，又冷又湿，让她喘不过气来。

"哈——哈——打中啦！"路易斯太太叫道。

路易斯太太？

还没等艾米丽反应过来，她就发现自己已经抓起最近的一块馅饼（巧克力蛋奶沙司）扔了回去。

馅饼从四面八方飞来，直到玩具和人们身上沾满了果酱、蛋奶沙司和蛋白酥。所有的一切都是那么匪夷所思——一开始时充满了无穷的乐趣。海蒂·凯蒂的姑娘们谁都无法抗拒这个朝学校里最可怕的老师扔馅饼的黄金机会，路易斯太太也尽其所能，像投掷机一样精准地把馅饼都扔了出去。

然而——突然之间——一切都变了。艾米丽觉得眨眼之间，馅饼大战就失去了乐趣。玩具们那傻乎乎、毛茸茸的脸变得愁眉不展、面目可憎；笑声变成了愤怒的尖叫，馅饼也成了武器。

"你这个蠢货！"书店里的那只海雀叫着，把一个巧克力馅饼塞进雨果的嘴里。"你这个劣质品！"雨果反击。

"啊——住手！"漂亮修女尖叫着，"放开我！"

三只母企鹅围着芭比修女，轮番掀着她的修女道袍——她们脸上那卑鄙的表情让艾米丽感到恶心。

其中一个喊道："让我们看看你的涂鸦，塑料女士！"接着——让艾米丽害怕的是——她扯下了漂亮修女的面纱，露出了她额头上那可怕的伤疤。"哈哈哈——上面写的是'蠢货'——哈哈哈！"

"快停下！停止战斗！"艾米丽想大喊一声，但结果却只能发出低沉嘶哑的声音。那可怕的景象把她震到了，她的头也晕得厉害。"你们不能伤害彼此——你们是玩具！"

"快放手！"漂亮修女开始大哭起来——而最糟的景象莫过于一个玩具的哭泣。

"放开她！"艾米丽喘着粗气说，"雨果，你必须找到布鲁伊！"她慌乱的头脑里突然冒出一个清晰的念头——布鲁伊在斯莫克如的最深处，黑蟾蜍还没能到达那么远（至少现在还没有）。"他会帮助我们的，我知道他会的！"

就在一刹那，她瞥见了它——那只黑蟾蜍，眼睛缝隙里透着深深的怨恨，像乌云一样在门口若隐若现……

22

仙境中的会面

"坐下来…深呼吸……把这个喝了……"

艾米丽试图解释她不想像爱丽丝一样缩小,但她嘴里一句话也说不出来。

路易斯太太把一个又冷又湿的馅饼扔到她脸上。

不——那是一块湿毛巾。

艾米丽又回到了现实世界,她发现自己正坐在对外宣传办公室的沙发上,一瓶水被递到她的嘴边,周围的人像剧场观众一般齐刷刷地看向她。

"你有点晕了,"路易斯太太说,"嗯,今天下午的时间有点长了,你现在看起来好多了——但我要告诉你妈妈,让她带你去医生那儿看看,以防万一。"

真是尴尬极了,艾米丽的双颊火烧火燎的:"我没事——真的……"

刚才的一切真的发生过吗？

她仍然为之前所发生的事感到震惊，而其他人似乎也都有点受惊了，好像她们也感觉到有什么重要的事情出了差错，尽管她们已经将魔法忘得一干二净了。

"大家都上车去吧！"路易斯太太把注意力转回到其他女孩身上，克莱尔则开始分发礼品袋，里面装着用塑料袋包装好的最新馅饼小样，而大家盯着艾米丽的那令人窒息的目光也总算挪开了。

"你真的没事吗？"玛莎担心地低声问道："你发誓？"

"我现在没事了，我不知道发生了什么。"

"你的脸色变得很奇怪，而且你几乎摔倒了——那真的很吓人。"

"你看到他们了，对吗？"

"是的，如果你指的是玩具们的话，"玛莎说，"真不敢相信居然没人注意到——她们都觉得这不过是一个普通的工厂一日游。"

她们在大巴车上坐了下来，周围到处是叽叽喳喳的说话声和吃馅饼的声音，这意味着她们可以正常地交谈，而不必压低声音说话了。

"你都看到些什么？"

"啊，这馅饼真好吃，"玛莎咬了一大口香甜的糕饼说，"你应该把你的也拆开。"

"给你吧。"艾米丽有生之年再也不想见到馅饼了，"你看到大战了吗？"

"什么大战？"

"有一场激烈的馅饼大战——有人类也有玩具。大家的身上全是蛋奶沙司。"

玛莎不安地看着她："你确定你没事吗？"

"是的！"

"我觉得那部分可能是个梦。当我们走进品鉴室时，玩具们就不见了。而你就是在那个时候，脸色发青并瘫倒在地。"

"你在拍照，"艾米丽说，"我确定我看到你在大战时这么做了。"

"照片？"玛莎从上衣口袋里掏出手机，开始搜索起照片来，"嘿——看啊！我的确拍了照片——可它们上哪儿去了呢？"

那些她不记得拍过的照片在屏幕上一闪而过，消失得无影无踪——但那是在两个女孩看到以后才发生的。

红色的气球，排成长队的企鹅，写着"投掷室"的房门。还有一个令人吃惊的书店海雀的特写——他正面目狰狞地咆哮着攻击雨果。

"他的脸！"玛莎感到困惑，开始害怕起来，"可那只海雀似乎总是那么友好。我认识他很多年了，到现在，每次到书店里我都还会拍他一下。我不明白——我们所有的玩具都会变坏吗？"

"我已经告诉雨果去请布鲁伊帮忙了。"艾米丽说。

"他能做什么呢？"

艾米丽不愿承认她自己也不知道："他会想办法的。"

＊

听诊器的末端贴着艾米丽的胸部和背部，冰凉冰凉的。第二天早上，妈妈坚持要把她拽到医生那里去。

"没什么问题，"布鲁尔医生高兴地说，"你把她带来是对的，不过她非常健康。我敢打赌，她只不过是疲劳和脱水罢了。"他朝艾米丽笑了笑，"你可以把衬衫穿上了——而且还可以得到一份甜点。"

"谢谢。"艾米丽从小就认识布鲁尔医生，她很喜欢他。他有着灰白的头发和一件宽大的旧粗花呢夹克，他总会给你一块大麦糖。

"以前从未发生过这样的事，"妈妈平静地说，"从那以后她就没怎么好好吃东西……唉……"

"妈妈！"（请不要让我难堪！）

"我担心她在我们失去霍莉以后就没怎么长身体。"

"胡说！"布鲁尔医生笑着说道，"她总是会不同程度地成长的——我只会担心这件外套明年是否还够她穿。"

艾米丽尽可能耐心地说："我真的很好。不骗你。"

"当然，当然——你思念你的姐姐。"他越过她的头看着她妈妈，"食欲不振、沉默寡言、性格孤僻——在这种情况下，这些都很正常。别指望她一下子就能恢复如常。"

当她们走出诊所时，都已经快十点了。妈妈给学校和她的办公室打电话说她们要迟到一会儿。她拒绝听艾米丽一遍又一遍地说她非常健康，而现在一整天都走了样。

"就最后一次，"妈妈疲倦地说，打开车门，"我答应过你那个专横的老师，我会带你去做检查的。"

"路易斯太太言过其实了。我在馅饼厂并没有晕倒——只是觉得有点头晕而已。"

"艾米丽，别再说了！"妈妈叹了口气，"我需要让自己的大脑休息一下——好吗？"

"我告诉过你没什么可担心的。现在我必须在地理课上到一半时走进去，而可汗女士又那么严格。"

"好啦，我确信她听了你的解释之后会理解的。"

这是一个非常家长式的说辞，家长们根本不明白老师是从来不听解释的。艾米丽放弃了争论。既然她都已经渡过了最糟糕的尴尬和混乱，她觉得让母亲这么着急是有些过分了。

"格温在这一点上倒是十分可爱。"格温是妈妈的老板，"她说下周三我可以早点走。"

"下周三要做什么？"

"我收到一封帮我们找到霍莉的床的那个慈善机构的来信，他们要来把床拉走。"

"哦。"

霍莉那张经过特别改装的病床占据了她房间的绝大部分空间——那是世界上最后一个仍能感受到她的地方。有那床在，就仍然可以认出那是霍莉的房间。而当这张床被搬走时，它将不再是任何人的房间。

"我真糊涂，竟会对这件事耿耿于怀。"妈妈伤心地说，"我早就知道他们最终会来把它要回去的——那床实在是太贵了。那房间将会看起来空落落的。"

"我很高兴你让我有了心理准备。"

"我肯定会提前告诉你的，"妈妈说，"你的生命中再容不下突然的变故了。"

这是用来形容艾米丽清晨醒来时发现生活中没有了霍莉最贴切不过的话了，那是所有变化中最大的一个。

我还未曾说再见。

这种想法是痛苦的。艾米丽试图把它推开，但每当她放松警惕时，它就会跳出来折磨她。

我没有亲她。
我没有拥抱布鲁伊。
我不知道那将是最后一次。

*

"我不敢相信我居然什么也没看到。"梅姿的声音被盖住了，她正把灰色的校服往头上套，"什么都没看到！我得到的只有一个相当无聊的工厂一日游和一个免费的馅饼。为什么我被排除在外？"

"也许是因为你站得太靠近夏茉了，"玛莎说，"她总是嫌魔法的故事很愚蠢。也许那样就使魔法变得暗淡了。"

"谁知道书店的海雀会那样？我本来很喜欢那只海雀的！"

"这不能怪他，"艾米丽说，"他也是受了那只黑蟾蜍的影响。"

"这不公平。好歹我也是监迪的主人。这也应该算得上点什么了吧。"

"我也没有什么都看到，"玛莎说："艾米丽看到了绝大部分事情的经过。让我整理下思路。玩具们变坏了，你让布鲁伊来帮忙。"

"是的。"艾米丽说。

"他能做什么？"

"我不知道——我认为斯德维可能会出现在斯莫克如布鲁伊所在的那片区域。"

午饭后，她们在教室里准备《爱丽丝梦游仙境》的彩排。当罗宾逊女士来为梅姿化妆时，她们不得不停止谈论斯莫克如。这是她们第一次盛装打扮，有趣极了，艾米丽也把她对玩具们的担心抛到了脑后。

她穿上妈妈做的天蓝色裙子和白色围裙。罗宾逊女士把她的头发梳起来，用一条蓝色的发带扎好，然后用电卷棒把她的头发卷起来。

"艾米丽，你简直就是从书里走出来的！"罗宾逊女士轻轻地把她推到她拿来的长镜子前，"快看看你的蜕变。"

艾米丽吃惊地发现自己简直和书中画的爱丽丝一模一样。教室里突然挤满了著名的人物。妈妈为红皇后做的那条长长的红色都铎连衣裙真是令人惊叹，尤其是当罗宾逊女士把梅姿的脸涂成死白色，眉毛又大又弯的时候。玛莎在她那毛茸茸的大白兔耳朵里看起来也很别致，安泊尔·弗洛斯特身着一件用绿色纸板做成的耀眼的毛毛虫服装。教室里一片混乱，每一把椅子和桌子上都堆满了脱下来的衣服和几件演出服，每个女孩都在扯着嗓子谈论着。

最后，等每个人都准备好了，或多或少安静下来时，罗宾逊女士领着她们顺着后台的小楼梯上了舞台。今天有真正的舞台灯光，而侧厅漆黑得令人心生恐惧。

"别忘了把这当成一场真正的演出！"罗宾逊女士在礼堂里对她们喊道，"不管出了什么问题，都要接着往下演！"

音乐开始了，响亮而喧闹，当艾米丽和其他开场戏中的女孩一起跑上舞台的时候，她必须集中精神，不要被她的脚绊倒。

夏茉·沃森走上前去朗诵了开场诗："一切都在那个金色的午后……"

这时，玛莎扮演的白兔跑了出来，她的耳朵和胡子看上去都很滑稽，手里拿着一块纸板做的大手表。

"我迟到了！我迟到了！"

这是大家记忆深刻的故事中的一幕——爱丽丝为了追赶白兔而掉进了兔子洞里。罗宾逊女士在一块纸板上挖了一个大洞，并在纸板后面放了一块黑色的帘子，这样玛莎和艾米丽看上去就像被吞没在黑暗中一样。

玛莎从洞里爬了进去，艾米丽紧跟其后，和她们排练时一模一样。

之后艾米丽感到了一些异样。本来应该听到罗宾逊女士为爱丽丝跌下兔子洞所创作的流转的电子音乐，艾米丽应该立刻跑回舞台。而现在周围突然安静下来，艾米丽起初还以为是音响系统出了问题，然后转身想对玛莎说些什么。

但是后台的每个人，包括玛莎和一群等着参加友谊赛的"动物"，都出奇地安静，就像电影里被定格的人物一样。

接着，她看到附近的灭火器周围闪着微光，地上有一堆小东西。

"哈啰，艾米丽！"是雨果，看上去他对自己很满意，"对不起打扰了——不会花太久时间的。"

"雨果，你在这儿做什么？"

"布鲁伊派我来给你捎口信。"

"布鲁伊？"她顿时悲喜交集，还一直在想自己是不是又昏过去了，但现在她完全不在乎了，"他在这儿吗？"

"他不能再到现实世界了，"雨果说，"这是一条关于斯德维的复杂信息，所以他把它编成了一首朗朗上口的歌，并派来了他的唱诗班——他仍然保留着它，以备不时之需。"

灭火器周围的玩具们整齐地排成三行，最高的在后面。他们咳嗽着，把乐谱弄得沙沙作响，然后放声唱道：

它以一个E开头而入口（Entrance）是免费的！

然后是数字2（Two），它和维尼（Pooh）押韵！

下一个是9（Nine）；那就正好（Fine）！

后面跟着P，正好赶上喝茶（Tea）！

最后一个是A，这是A的一个新体验，

因为A通常都是第一个！

艾米丽在结束时礼貌地鼓了掌，她不想伤害唱诗班的感情——但这首歌听起来完全让人摸不着头脑。

"就这些。"雨果高兴地说，"等你到那儿了，他会再给你捎个信的。"

"到哪儿？"

玩具们不见了，灯光也消失了。

在她身后，玛莎咯咯笑着小声说："我掉了根胡须！"

电子音乐响起，艾米丽跑回舞台，一个拍子都没错过。演出的其余部分进行得很顺利，而布鲁伊对她的呼救作出的回应就像暖水壶一样温暖着她。

后来，等她们回到教室后，她把梅姿和玛莎拉到服装架后面，低声说："跟我来——你们肯定不会相信刚刚发生的一切！"

23

口　信

　　露丝对布鲁伊的口信很感兴趣。她让艾米丽唱了好几遍，并把歌词写在一张纸上。"现在越发看不懂了！你知道这是什么意思吗？"

　　"不知道，"艾米丽说，"一点头绪都没有。"

　　"我们还以为你可能会知道。"梅姿说。

　　玛莎抬头看了看货架，诺迪和菲金达·法拉维端着两杯热气腾腾的比金斯果缤纷坐在那儿。"诺迪，你听懂了吗？"

　　"没有。"诺迪说，"我觉得它应该是一条秘密代码。你觉得呢，菲金达？"

　　"别问我，"菲金达·法拉维说，"我简直累坏了。我去斯玛特维德那儿买东西，而我的巧克力钱币化得我一裙子都是。"

　　露丝说："我们知道这条信息有多重要。布鲁伊显然费了很大的劲才把它传给我们。他甚至还动用了他的唱诗班来唱这条信息。"

"我不觉得它会是什么代码。"艾米丽说，"我认识的布鲁伊还没那么聪明。"

"代码。"露丝又重复了一遍，眼睛盯着那张纸上无厘头的语句，"好吧，让我们看看。如果我们只取歌曲中的字母和数字呢？'它以E开头，然后是2。'"

她得到了一小行数字和字母——E29PA。

"E29PA，"艾米丽重复道，"会是什么意思呢？"

"等一下……"露丝的眼睛发亮，"我真是个白痴！我一整天都在写圣诞卡，但居然没有马上认出它来——它是一个邮政编码！"

"是呀！"艾米丽激动得说不出话来，"那意味着一个地址！而且雨果说这跟斯德维有关！"

"等我查一下。"玛莎从口袋里掏出手机。艾米丽和露丝站在她的两边，不耐烦地看着屏幕。"只是一堆博物馆的名称。"

"哦，天呐！"露丝叫道，"真不敢相信！这是多么理所当然啊！"她笑得浑身发抖，"E29PA是贝斯纳·格林儿童博物馆的邮政编码，那里是全国最大的玩具收藏地！"

"这么说布鲁伊是要让我去玩具博物馆。"艾米丽有一丝失望，因为这条信息不是关于霍莉的，她仔细想了想，"当然啦！那儿显然是能找到一只古董熊的地方！"

"菲金达说斯德维是世界上被赋予想象最多的熊，"露丝说，"现在我明白是为什么了。成千上万的孩子见过他，爱过他，让他充满了无限的想象力。而我们知道想象力是运行斯莫克如的燃料。我想知道出了什么事。"

"现在唯一的线索就是，"艾米丽说，"布鲁伊想让我们到那儿去。"

"那可能有点棘手，"露丝说，"你们这周都要上学，而周六我又不能离开商店。"

玛莎又在看她的手机了："它周日也开放。"

"好吧，那就好办了——如果你们能想出一些借口来告诉你们的父母，这个周日我就可以开车带你们去伦敦。"露丝说。在一阵令人窒息的沉默中，她们互相望着彼此激动的脸庞。

我们一定会找到斯德维的！

*

艾米丽的妈妈已经安排好周日要去伍尔弗汉普顿看望贝基姨妈，她对艾米丽拒绝放弃伦敦之行感到很恼火。

"我真希望你能先问问我。"妈妈有些生气。

"你也并没有先问我想不想去贝基姨妈家。"艾米丽道。

幸运的是，爸爸站在艾米丽这一边。周日早上，当妈妈又开始抱怨时，他在他的报纸后笑着说："你真是个奇怪的姑娘，艾米丽，你怎么忍心错过那些可爱的豆芽呢？"然后他又给了她一些吃午饭的钱，叮嘱她要把钱花在汉堡上："来一份双层汉堡和薯条，记得想我。"

"谢谢你，爸爸。"

艾米丽太激动了，激动的情绪深入骨髓以至于让她出奇地平静。

斯德维！

她有一种强烈的在接近魔法的感觉，就像一朵即将破裂的浪花，若隐若现。当她们都聚集在露丝的厨房里时，其他人明显也有同样的感受。玛莎不再像平时那么爱笑了，梅姿则一直在唱着："我们要去见斯德维……"

"好的，在我们出发之前，"露丝说，"让我们最后再确认一遍——大家都到了吗？"

她指的并不是人类，她们决定带上几个玩具，一方面是为了最大限度地引出魔法，另一方面是为了在需要时让他们和布鲁伊交流。

她们非常认真地检查了行李。玛莎带来了皮帕，梅姿带来了监迪，露丝的大背包里装着雨果和斯米菲。

"现在的他们只不过是一堆毛绒玩具罢了。"梅姿失望地说，"难道他们感受不到魔法的力量吗？"

"我们现在还不需要他们。"玛莎说，"他们正在养精蓄锐。我知道肯定会有事情发生的。"

露丝把装她儿子旧玩具的大包拉上拉链："但愿我开车的时候他们不会跑掉。在到那儿之前，我们最好把拉链拉上。"

24

一决胜负

她们在高速公路休息站匆匆吃完一顿汉堡午餐后，于下午的早些时候到达了博物馆。

"好啦，我们到啦。"露丝说。

博物馆温暖、明亮而舒适，挤满了带小孩的家庭。艾米丽环顾四周，孩子们、推童车的父母们和面带微笑的博物馆工作人员——布鲁伊的"信息"会在哪儿呢？

"玩具们可能会知道——我们的玩具，我是说。"玛莎一耸肩把背包甩了下来并拉开了放皮帕的那个口袋。

她们都目不转睛地盯着那只毫无魔力的毛绒玩具。

梅姿问道："那现在我们该怎么办？"

"我不确定。"艾米丽说，"但我知道我们要寻找一只古老的熊熊。"

露丝轻声说着："这简直就是大海捞针——这个地方绝对挤

满了老熊！它一定是西方世界老熊最集中的地方。"

"我们得把它们都看个遍，就这样。如果我们走快点，不会花太久的。布鲁伊不会不留下一点线索就让我们大老远地到这儿来——他答应过我的。"艾米丽走到一面贴有大幅平面图的墙跟前，上面画着博物馆里的各个展厅，"我们不需要走遍整个地方。很多这样的展厅里都是麦卡诺玩具模型，或者铁路模型。"

"好主意！"露丝恢复了活力，戴上眼镜研究起平面图来，"让我看看——乐高、玩偶屋、玩具车、古董童装……啊，就是它了——泰迪熊和毛绒玩具。"

"我们只要看到就自然会明白，"艾米丽说，带着一种她并没有感受到的信心，"来吧。"

她们像一群探险者一样，严肃认真地出发了。正如露丝所说，这座著名的博物馆里一点都不缺老熊，就缺一点魔法。艾米丽把脸贴在她走过的每一个玻璃罩子上，越来越绝望。这些古老的玩具，带着它们智慧的、磨损的小脸，固执地保持着它们玩具的属性。虽然她们谁也没说话，但梅姿已经开始不安了，玛莎满怀希望地扫视着咖啡馆的招牌。

艾米丽的背包越来越重。她心不在焉地听着某人的收音机里传来的嗒嗒嗒的声音。

"老实说，有些人！"露丝生气地嘟囔着，"你以为他们会懂礼貌地关掉这些噪音！"

那声音越来越大。

……一个善良的朋友告诉我该做什么——

他说熊熊止考（咳）露就是为你而造的！

"那是一则玩具广告！"艾米丽开心的喊叫道，"它是从哪
儿来的？"

她们都竖起耳朵来听着那远处传来的含混不清的音乐声和说
话声。

"……这里是斯莫克如电台……接下来又是好几天
阳光明媚的天气了……把巧克力钱放在冰箱里会是个好
主意……"

那声音又逐渐消失在一片寂静中。

"嗯，那肯定也是某种意义上的信号。"露丝说。

"艾米丽——你的包！"梅姿突然脱口而出，"看啊！"

"就像那晚在我的通宵派对上一样！"玛莎说。

艾米丽放下书包，看到白色的光芒从她放布鲁伊之书的口袋
里放射出来，强烈的亮光让她们不得不把眼睛眯起来。

艾米丽的手指轻轻握住那本粉红色的笔记本，它很温暖，那
亮光逐渐减弱成柔和的霓虹般的微光。而与此同时还发生了另一
件事——一个玻璃罩子上突然出现了一张纸条，上面用紫色蜡笔
画着一个箭头。

"布鲁伊！"艾米丽高兴得不能自已，为霍莉最重要的这个

玩具而感到骄傲，她不得不眨了眨眼睛才没让眼泪掉出来。"我知道他不会让我们失望的。"

"我欠那只熊熊一个道歉，"露丝说，"我们早该猜到他会用你的笔记本来传送信息——毕竟，那里面的一切都是关于他的。"

"没有人在看我们。"梅姿瞥了一眼其他在走廊里漫步的人。

艾米丽顺着箭头的方向，看到了另一个标记——"进来"——这次纸条是贴在一扇写着"禁止入内"的暗门上——员工通道。

露丝试图把门打开。"是锁着的！"她不耐烦地摇着把手，"你能让布鲁伊找把钥匙来吗？"

艾米丽轻轻试了一下，那门就打开了。

"显然你是主导。"梅姿笑着说，"现在是你展示领导力的时候了。"

"我没意见。"露丝向后退了一步，"你先走——快点，免得被人发现了。"

"好吧。"通常情况下，要让艾米丽掌管某事一定会让她紧张不已，手足无措，可现在的她却自信满满。

我正在接收来自布鲁伊的信息。

她领她们穿过那扇门，来到一条两边都是办公室的沉闷的走廊。经历了博物馆的喧嚣之后，这里出奇地安静。

"没人能够阻止我们的，"梅姿说，"不过这儿根本也没有人。"

"希望我们不会触发任何警报。"玛莎说。

下一个标记出现在走廊最深处的一扇门上——"进来"。

这扇门有一个带键盘的密码锁，艾米丽不知道密码，但她一碰到门把手，门就开了。

在门的另一边，她们发现她们自己身处一个石阶井里，这个石阶井看上去比这栋楼的其他部分要古老得多——暗淡而又满是灰尘，只有几束微弱的灯光和楼梯平台上的老式灭火器。大家陷入了一阵深深的沉默。

梅姿问道："这里还是博物馆吗？"

"好像很多年没人来过这里了，"玛莎说着，掸掉了袖子上的蜘蛛网，"那么，现在去哪儿呢？"

粉红色的笔记本在艾米丽的手里温热着。还没有新的信号出现，但她知道下一步该去哪里。现在她慢下了脚步，领着她们下了两段楼梯，穿过两扇旋转门，进入一条长长的、荒无人烟的过道。

艾米丽激动地沉浸在一种她称之为"布鲁伊气息"的感觉中——她曾在给霍莉讲述某个故事时有过这样的感受——一点在编故事的感觉都没有，更像是进入了一种特殊的精神状态。"快看！"她抓住梅姿的胳膊，"快看那个标记！"

那是一块从天花板上吊下来的木牌子，歪歪扭扭的字上满是蜘蛛网。

斯德维在这边。

现在她们都能感受到"布鲁伊气息"了，于是大家都屏住呼吸，沉默不语地盯着那块牌子。

"哇，我们真的要去见斯德维了——简直跟《绿野仙踪》一模一样！"露丝紧张地傻笑了一声，"我想我们可以假定自己已经不在堪萨斯了！"

几米开外，另一个标记出现了——

"在这儿鞠躬或行屈膝礼。"

艾米丽像卡通童话里的王子一样深深地鞠了一躬，引得梅姿和玛莎紧张地咯咯笑了起来。

"快来——依我看来，有人在监视我们。"露丝精心行了个屈膝礼，"快按指示做！"

玛莎和梅姿鞠了一躬，不再咯咯地笑了。

这条长长的、灰扑扑的、荒无人烟的走廊总算在一扇门那儿到头了。

梅姿大声读着那个褪了色的物质世界的标记："长期储存室"。

"我还以为布鲁伊会带我们去见斯德维。"艾米丽失望极了，魔法突然消失了，"这不过是个旧仓库。"

"我们不能就这样放弃。"玛莎说，"打开这扇门。"

艾米丽刚一触碰，那扇门自己就慢慢地、嘎吱嘎吱地打开了。

房间里一片寂静，天花板上的一束灯光微弱地亮着。房间又大又长，高高的架子上堆满了纸箱和塑料袋。每个箱子或袋子上都工整地贴着一个标签："火柴盒跑车20世纪50年代""铸模农家庭院套装20世纪30年代""小史泰福熊20世纪70年代"。

架子背后是一组玻璃柜，它们以各种奇怪的角度摆放着，仿佛是一群在参加聚会的人。玻璃柜处在阴影里，艾米丽看到了那些曾经在楼上博物馆里展出的古董玩具们的黑色轮廓。

"可怜的老玩意儿，"露丝轻声说，"被塞进来后就被遗忘了，好像他们从来没有被需要过一样。"

"嘘——我好像听到什么声响了！"玛莎突然嘘声道，"那是什么声音？"

她们凝神静听，寂静中传来呼呼的喘息声，那节奏就像霍莉的呼吸机一样。

呼哧——呼哧——呼哧——呼哧。

"听起来像波奇，"露丝说，"猫的鼾声。"

声音越来越大，当艾米丽身边的玻璃柜里突然亮起一盏灯时，她们都吓了一跳。里面有一只很古老的熊。

艾米丽大声念着旁边卡片上的文字："熊熊，亨梅尔工厂，莱比锡1902年。由S. 德维赠予博物馆。"

名字悬到了半空中。

斯德维！

"哇——我们成功啦！"艾米丽轻声说道，"我们找到斯德维啦！"

谢谢你，布鲁伊。

兴奋之情无以言表，令人难以置信。她们正站在世界上被赋予想象最多的熊熊面前。

这是一只英俊的棕熊，有突出的口鼻和驼背。

她们似乎在哪儿见过他？

艾米丽和露丝同时想起来了，异口同声地叫道："是那个德国房客！"

25

一个非常重要的职务

那个古老的玩具在他的有机玻璃架子上晃动着。"太硬了!"他咕哝道,"我的巧克力蛋太硬了!"

"快醒醒!"艾米丽大声喊道,"斯德维先生——或者不管你叫什么名字——你必须得拯救斯莫克如!"

他的玻璃眼睛闪闪发亮地看着她们:"我这是在哪儿?发生了什么事?喔,我想告诉他们——他们不应该把我放在这儿的!"

"快醒醒!"大家都叫喊起来。

"哦……哦……我好像又有一点儿劲了!"斯德维的双臂无力地颤抖着,"可是我太虚弱了——什么也做不了!"

"也许他是太饿了。"玛莎说,"要是我们有比金斯果缤纷就好了。"

露丝说:"要是丹尼你在这儿就好了。他知道该怎么做。"

"要是……"艾米丽忽然感到一阵悲伤席卷全身。

没有霍莉在，那些搞笑的故事有何意义？

一切的一切又有何意义？

"啊！"玛莎用一只手捂住鼻子，"太恶心了！"

"唔——我觉得我要吐了，"梅姿呻吟着，"闻起来像一百万个浓缩屁！"

一秒钟后，艾米丽就闻到了臭味，房间里充满了哭泣和哀号的凄凉声音。

是那只蟾蜍！

他也来到这间屋子里了，堵在门那儿——又黑又臭，慢慢地眨着它那邪恶的眼睛。

梅姿和玛莎尖叫起来。

"快做点什么！"艾米丽用力拍打着斯德维的玻璃罩子，险些把玻璃给打碎，"快把他除掉！"

"我做不到。"那只老熊哀叹道，"他们把我关起来了，而我已经把燃料耗尽了。"

"什么燃料？"

"人类的想象力——没有它我就帮不了斯莫克如。你们必须帮助我。"他颤抖着老腿站了起来，"虽然我的体力正在逐渐恢复，但还不够。快拉起手来！"

艾米丽一手抓住露丝的手，一手抓住玛莎的手。她们四个把玻璃柜围了起来。

"想想你们的玩具！"斯德维喊道，"尽你最大的努力去想吧！"

随着臭味越来越浓，要想起什么来真的很难，但艾米丽知道这有多重要，便竭尽全力，集中心智地去想。

布鲁伊，布鲁伊，布鲁伊，布鲁伊。

突然间一道耀眼的彩光闪过，玻璃柜像小剧院一样亮了起来，里面的古董玩具动了起来，他们咕哝着。其中有许多是老熊，但也有其他的动物——包括一群古老的穿红色夹克的小毛绒猴，手里都带着乐器；还有两只戴着草帽、被虫蛀过的兔女郎。接着玻璃融化了，他们从柜子里跳出来，跳到地板上。一群小玩具开始从架子上的箱子和袋子里爬出来。

"再多点！"斯德维叫道，"用力想！"

布鲁伊！

露丝突然喘了起来，把艾米丽的手抓得更紧了。她的背包剧烈地抖动着，拉链被绷开了，雨果和斯米菲跳到了地板上。

"干得漂亮，露丝！"雨果喊道，"想得可真够用力的！"

224

"嗨，玛莎！"皮帕从玛莎的背包里蹦了出来。

"嗨，梅姿！"监迪那粗野的声音大吼道，"我错过打斗了吗？"

地板突然成了一块由玩具们组成的地毯，推推搡搡，争吵不休。

成群的玩具勇敢地用馅饼和糖果轰炸蟾蜍，直到空气中充满了神奇的闪光。雨果和斯米菲朝它冲过去，挥舞着一件看起来像真空吸尘器的武器——直到艾米丽看到它的喷嘴喷出一股强大、香甜而黏稠的东西。

"松糕涡轮增压器！"露丝喘着气说，"对于一个玩具来说，这相当于一个火箭发射器！可为什么它不管用呢？"

黑蟾蜍在他们绝望的眼前越胀越大。

"我才不会被你吓到呢！"雨果愤怒地大喊道，"丹尼尔说你不过是个又肥又蠢的东西——仅此而已！"

蟾蜍突然伸出一根长长的黑舌头，把雨果卷进它那令人作呕的嘴里，只剩那毛茸茸的脚还露在外面。

"雨果！"露丝几乎要哭了，"哦，求求你——求求你把他还给我！"

艾米丽现在既不害怕，也不伤心，而是怒不可遏。她还没有完全反应过来自己在做什么，就大步走过地板，抓住雨果的脚，把他从癞蛤蟆的嘴里拽了出来。"我不管你要拿我怎么样——别碰那些玩具！"

她把雨果交给露丝，露丝紧紧将他抱住。

雨果的嘴张开来又合上了，没有发出一点儿声音，这只健谈的企鹅还是第一次说不出话来。

"谢谢你，艾米丽，"露丝说，"我不能没有……我不能……"她抽泣了几次，然后转身看向蟾蜍。

"自从我失去了丹尼尔以后，你就一直在折磨我。但我不能让你毁了我留下的那个快乐的地方——滚出去！你不属于斯莫克如，也不属于魔幻之境——或者我们爱怎么叫就怎么叫的地方！"

"还不够！"斯德维呻吟道。

"好吧，我们还能做什么呢？"

"朝他扔东西！"老熊叫道，"真正用力想象的东西！"

艾米丽忽然有了主意。她把书包甩了下来，拉开秘密口袋的拉链，抽出了布鲁伊之书，那里面塞满了想象。

我倾注了那么多，只有一页是空白的了。

她拼尽全力，将布鲁伊之书扔向那只黑蟾蜍。

它正中那只蟾蜍的两眼之间。

一个奇特的声音响了起来——巨大的爆炸声，夹杂着湿漉漉的嘎吱声，就像一只威灵顿长靴被人从深深的泥地里拔出来一样。

接着一片寂静。

封闭的走廊又暗淡了下来，博物馆里的玩具在它们的玻璃柜里一动不动，静默无声。

大家都一声不吭。四个人彼此注视着，沉默蔓延着。

"你的笔记本！"梅姿低声说，目瞪口呆地望着那只黑蟾蜍待过的地方，"它不见了！"

艾米丽想了想，发现她并不介意："我想我现在并不需要它了。我之所以开始用它来记录，是因为我害怕忘记霍莉和布鲁伊，但他们自始至终都平安地住在我的记忆里。"

"有些事是不能被忘却的，"露丝说，"即使你想那么做。"

现在斯德维可以给他们回信了。艾米丽看着柜子里的德国熊。他又变回了一个毛绒玩具，但他有了一些变化——他的玻璃眼睛显得炯炯有神，脸上的针脚间透露着一种智慧的神情。

"他没有得到足够的人类想象力，"露丝说，"而这正是运行整个斯莫克如的动力。当斯德维被关在这里后，没有一个人'喂'他的时候，他失去了力量，斯莫克如则爆发了混乱。"

"我们应该每月闯进博物馆一次，"梅姿提议道，"如果再发生这种事，我们就给他鼓鼓劲。"

"我想没有必要，"露丝若有所思地说，"我有一个非常棒的主意——我们可以用布洛基、莫基和菲金达作为谈判筹码。尽管它们其实并不属于我，但没人知道。我要把它们送给这个博物馆……如果他们同意把斯德维放回去，让尽可能多的孩子看到他。"

艾米丽、玛莎和梅姿你看看我，我看看你，认真思索着这件事。

梅姿问道："可是博物馆会同意这么做吗？"

"相信我，"露丝说，"这些玩具堪称传奇——我假装'找到'他们的时候，一定会引起轰动的。"

　　"就这样，然后呢？""玛莎问，"这就是所有魔法的终结吗？"

　　"我想是的。"露丝微笑着说，但她的眼睛里透着悲伤，"我会想念雨果和斯米菲的。"

　　"我会想念皮帕的。"

　　"我想我会想念监迪的。"梅姿说，"我们现在可以去咖啡馆了吗？我可以杀死一根巧克力棒！"

　　"我能毁了一块蛋糕，"玛莎说着，突然咯咯地笑了起来，"我希望他们有巧克力。"

　　"我只要一杯茶就够了，"露丝说，"我的脚疼死了！"她摸了摸艾米丽的胳膊，"你没事吧？"

　　"是的，我很好。"艾米丽把心事藏在了心底，她还是不能像其他人那样快乐。

　　我没有见到布鲁伊。

*

　　当露丝那辆破旧的大沃尔沃停在巴克斯通·往事随风门口时，天色已经完全暗了下来。

　　艾米丽家客厅里的灯还亮着。她觉得这条长路尽头那些闪烁着灯光的窗户看上去温暖极了。

霍莉没有在那儿——但感觉它又变回了我们真正的家。

妈妈走到窗前拉窗帘。在过去的几个星期里，她一直面色苍白，疲惫不堪。但现在她微笑着，转过脸去对身边的爸爸说着什么。他们一定很享受在伍尔弗汉普顿的午餐时光。

我要回到快乐的人们身边啦。

"好啦，姑娘们，"露丝说，"这可真是一次冒险。我们找到了著名的斯德维，我们说话的这会儿，它可能正在修补那扇破门呢，不过就在它永远关闭之前，我们还需要做一件事。"

"什么事？"梅姿问。

"我知道，"艾米丽看着露丝说，"是你想到的解决燃料供应问题的办法。我希望我们不会太迟。"

橱窗里突然有什么动了一下，她们都吓了一跳。原来是诺迪招手让她们进来。

"这就是你的问题的答案，"露丝说，"那扇门还没有完全修好——快来。"

她们都跟着露丝从后门进了商店。她打开头顶上的大灯，抱起她母亲的那只老熊——他浑身闪闪发光，一只胳膊上挎着一条粉色的纸带。

"干得好！"诺迪说，"我从收音机里听到了这一切——我直接从派对上赶了回来。"

露丝拍了拍他那庄严的脑袋："我需要跟布洛基、莫基和菲金达谈谈——你能把他们带来吗？"

"现在恐怕有点难，"诺迪说，"布洛基正在指挥一个歌咏节目。"

"这件事非常重要。"艾米丽说。

"好吧——如果你们坚持的话。"那只快散架的熊熊眨了眨他的玻璃眼睛。不一会儿他们就在露丝存放那三个斯特普斯玩具的柜子下的纸箱里听到了窸窸窣窣的声响。他们爬了出来，全都拖着纸带。

"这件事最好真的更重要！"铁皮猴生气地说，"我正要提议为布鲁伊干杯呢。"他友好地朝艾米丽咧嘴一笑，"你一定为他感到非常骄傲。"

"是的，难以置信的骄傲，"艾米丽说，伴随着对霍莉和她的熊熊那无限渴望的刺痛感，"他的帮助非常给力。"

"是的——很给力！"玛莎说。

"布鲁伊简直就是个明星！"梅姿说。

露丝凝视着柜台上那三只脏兮兮的小家伙："恐怕我们叫你们来是向你们道别的。"

"不！"菲金达·法拉维生气地叫道，"我再也不想回到那个臭烘烘的旧箱子里去了——这个物质世界真的太美妙了！"

"让我说完，"露丝说，"你不会再回那个箱子里了。在这个物质世界里，你们要待在你们的这个纸板箱里——但那是在你们拥有新身份之前。"

"工作？"法拉维小姐的玻璃眼睛闪着珍珠般的光芒。

"是的，我想你们会喜欢的。你们将会被存放在一个非常漂亮的玻璃柜子里，在那里你们会见到成千上万的人……"露丝简要地概述了她的计划，三个爱德华时代的玩具们脸上展露出的喜悦神色让人深感欣慰。

"我的梦想实现了。"菲金达·法拉维说，"不过我想我得把皮帕借给我的这件漂亮衣服脱下来。"

"一旦进了博物馆，你的破损之处就会被补好的，"艾米丽说，她想起了她们今天看到的那些古董玩具一尘不染的样子，"专家们会把你彻底清理干净，而不仅仅是用清洁布。"

"你们都是无价的古董。"梅姿说。

三个玩具的小脸变得很严肃，紧接着取而代之的是极大的兴奋。

"那我的锈斑就有救了，"布洛基说，"还可以上一抹新漆！"

"还可以把我那摇摇晃晃的轮子修好了。"木头驴子说。

"重新变白真好，再也不用灰头土脸的啦！"菲金达优雅地脱下粉色连衣裙，又穿回她的那身破布了，"能再见到斯德维真是太好啦，难道不是吗？我很想念我们的大富翁游戏。"

"你们会变得非常有名，"玛莎说，微笑中带着一丝伤感，"你们会出现在明信片上。"

231

"不止这些，"露丝说，"当我假装发现你们的时候，一定会引起轰动——你们可能还会上电视新闻。"

"哇哦，"梅姿说，"那一定很奇妙！"

斯特普斯玩具们现在都笑开了花。

"难道约翰会不高兴吗？"莫基高兴地说。

"我等不及要告诉他了。"布洛基说道，嘎吱嘎吱地摇着他的铁皮尾巴，"当然，我们还会保留我们在斯莫克如的房子，但我也很期待所有即将在新工作中得到的美妙想象——尤其是来自孩子们的想象。"

莫基友好地用尾巴轻轻拍了拍露丝的手："谢谢你在店里照料我们的这些日子。"

"这是我的荣幸，"露丝说，"我会非常想念你们的。没有了你们，这里会变得很安静。"

"我们给你留了一份感谢礼物。"菲金达·法拉维说，"本来我打算在圣诞节时送给你一个曲调优美的新奇屁，但不幸的是我们没法做到。于是我们在物质世界里为你找到了一样东西。"

"在你的地窖里。"布洛基说，"注意看旧文件柜最底层的那个抽屉。"

"文件柜？"露丝迷惑不解，"里面装满了废旧的煤气费账单，埋在一吨垃圾下面——你确定吗？"

"等着瞧吧！"菲金达·法拉维咯咯笑着说。

"我们现在得走了。"莫基说，"最好的车轮开动！"

艾米丽很高兴斯特普斯玩具的问题得到了解决，但当她和所有玩具们吻别时，泪水夺眶而出。

"希望你们能来博物馆看我们，"布洛基说，"当然，我们不能像现在这样走来走去了。你们得想象我们正试图朝你们招手唱歌。"

那三个很快就要出名的玩具们从桌子上跳下来，飞快地跑进了厨房。大家追赶着他们，正赶上看他们穿过猫洞进入黑暗的花园里。那些小小的身影在寒夜的空气中稍停片刻，微笑着挥手。

然后他们就不见了。

26

一个豪华舞会的请帖

第二天早上是星期一。艾米丽早早地就醒来，躺在床上想着昨天的冒险。她们找到了神秘的斯德维，他已经开始修理那扇破门了。黑蟾蜍已经被赶出了斯莫克如。这是一个完美的幸福结局——但她无法摆脱没有看到布鲁伊的失望之情。

魔法不可能持续那么久。

直到她在厨房的餐桌上吃着维他麦，不经意间听到收音机里的新闻，她才意识到这种变化。

"最后，首相宣布，作为国家游戏周的一部分，将为孩子们和他们的玩具举办一系列野餐。她补充说，欢迎所有年龄段的'孩子'，从一岁到一百岁均可。她还承诺要带着她的泰迪熊贝琳达去海德公园野餐。"

"太好啦！"妈妈关掉了收音机，"首相的老熊！"

是不是荒谬又泄露出来了？艾米丽吓坏了——直到爸爸粗鲁

地哼了一声说：

"她应该让贝琳达为经济做点什么——一个毛绒玩具熊不会比她的内阁更愚蠢了。"

爸爸妈妈都非常高兴，但是他们并没有表现出读书会那晚那种令人心烦意乱的荒诞气息。而首相有一只老泰迪熊也没什么好奇怪的——不是每个人都有吗？人们把他们的旧玩具放在阁楼和车库，但他们从来没有忘记它们或丢弃它们。一切都恢复正常了。

然而……

或许是因为艾米丽一直在想玩具的缘故吧。上学的路上，小婴儿们的童车上似乎比平常挂了更多的毛绒玩具。她经过一辆散热器上绑着粉色大熊的垃圾车，几乎每辆车的后视镜上都挂着一个小玩具。

这一切都没有什么神奇之处，但艾米丽有一种感觉，斯德维的苏醒使玩具们幸福极了，而不知怎的，这种幸福感也传到了他们的主人身上。

玩具波。

每当霍莉伤心的时候，布鲁伊就会将那独特的、无形的玩具波输送给她，让她重拾快乐。

多亏了布鲁伊，整个小镇都被一股巨大的玩具波席卷了。

尤其是当她走进教室，看到梅姿和玛莎都挤在夏茉·沃森身边，盯着她的包时，更是对此确信无疑。

梅姿——非常激动，尽量强忍着不笑出声来——抓住艾米丽的袖子，把她拉到夏茉的书桌旁。

夏茉几乎没有注意到艾米丽走了过来，她正在描述她和妈妈吵架的情景："是她决定我需要一间成人卧室的。她没问我就把我的玩具拿走了，放在阁楼上。所以我告诉她我想要回我的东西。她说我的玩具都是垃圾，于是我就说：'好吧，我想要回我的垃圾。'我径直上了阁楼，找到了我小时候最喜欢的那个芭比娃娃。我的意思是，好吧，我没想到我会让她变成这样——但我仍然喜欢她，她仍然是我的。"

艾米丽看了看夏茉的背包，突然明白了为什么梅姿和玛莎会因为强忍着大笑而颤抖。

夹在两本教科书中间的是一个破旧的芭比娃娃。她赤身裸体，长长的金发乱糟糟地裹成一团，额头上用蓝色圆珠笔写着"屁股脸"。

漂亮修女！

艾米丽尽量不大声叫喊出来，这个要强的玩具修女原来是夏茉·沃森的这一惊人发现，也是斯莫克如爆发出幸福感的又一个迹象。

艾米丽在周二的半夜醒来，她第一个含混不清的想法就是霍莉在哭。那声音在她的脑海中回荡——那是霍莉感到害怕或痛苦时发出的又尖又细的哭泣声，除了艾米丽用布鲁伊柔软的爪子抚摸她的脸颊外，没有什么能安慰她。

她在床上坐起来，拧开了台灯。屋子里一片寂静，没有魔法的迹象，但她突然有一种想要走进霍莉卧室的冲动。

空荡荡的房间一如既往地凄凉，而等他们把那张特别的床搬走后，这房间会显得更加冷清。这里曾是这个家跳动的心脏，霍莉的脸从被子里露出来，布鲁伊在她身旁微笑。

在我的故事里这是一张会飞的床。
而现在它只不过是一块金属而已。

一张纸片从天花板上飘了下来。艾米丽一把将它抓住，看到那疯狂的、玩具特有的笔迹，她笑了：虽然门已经关上了，但还是有最后几片魔法碎片钻了过来。

请谍（帖）：
我们热却（切）地要（邀）请你来参加这周三茶点后的友谊赛和盛大舞会。

西卡莫
尖尖头

友谊赛出自《爱丽丝梦游仙境》，艾米丽知道为什么玩具们会喜欢它——那是场没有人赢的比赛，但同时，所有人都赢了。她没法去参加舞会，但接到邀请同样令她深深感动。

她盯着那张纸的时候，上面的字正在渐渐消退，就在它消失之前，她正好有足够的时间读到最底下的这行字："另外，这里没有烫（痛）苦。"

　　当然没有了。雨果真好，还记得告诉她。不管霍莉去了宇宙的哪个地方，有一件事艾米丽是可以肯定的，那就是那儿再也没有痛苦了。这是个暖心的想法，她几乎是很开心地回到床上的。

27

每个人都能赢

星期三是《爱丽丝梦游仙境》最终上演的日子，这也是为家人和朋友们举办的盛大晚会。那天一开始就像过生日一样，艾米丽起床走下楼梯就看到一张写着"祝你好运"的卡片，上面是一张爱丽丝的照片。爸爸在里面写着：祝你好运！

妈妈说："我们一定要早点到，争取占到最好的位子。露丝要来，餐吧的尼尔和曼迪也要来。"

"半个镇子的人都要来，"爸爸说，"你们将在波顿协会的精英面前表演。"

"快别说了——你会让她感到紧张的。"妈妈冲艾米丽微笑着说，"你只用记得观众席里大多都是你的亲朋好友就好。"

艾米丽在她原来的学校里也有过几次演出，但只有她的爸爸或妈妈（大多是爸爸）来看她，因为霍莉会忍不住发出很大的声音，所以必须得有人陪她待在家里。但今天晚上，爸爸妈妈都要来，这还是头一回。而且演出结束后，他们要一起到餐吧吃晚饭。

友谊赛是罗宾逊女士版《爱丽丝梦游仙境》中最有趣的一幕。一群戴着老鼠面具的小动物在安泊尔·琼斯的带领下，举行了他们愚蠢的比赛，没有规则，也没有输家。他们伴着罗宾逊女士写的一首名叫《大家都赢了！》的歌跳了一段精彩的舞蹈，歌曲末了，掌声经久不息。

艾米丽尽量不去看坐在第二排的父母和露丝，但知道他们在那儿让她感觉很心安。她一心一意地扮演着爱丽丝，而且清楚地知道自己此刻的表演比以往任何时候都要出色——听到观众们适时发出的阵阵热烈的笑声时，她心里美极了。

紧接着整个世界都翻转了过来。

观众、舞台和学校都消失了。她脚下是松软的草地，四周撒满温暖的金色光芒，柔和得如同天鹅绒一般。艾米丽深吸了一口甜美的空气，心里满满都是幸福。

斯莫克如！

她终于如愿以偿了，绚烂的花草、蔚蓝的天空、缤纷的玩具看得她眼花缭乱，目不暇接。

"艾米丽！你能来我真高兴！"雨果叫到，"我就知道斯德维一定能做到！"

"嗨，雨果！"艾米丽愣了一会儿才认出他来。这只企鹅被一套巨大的黄棕色条纹西装罩着，只有它的嘴还露在外面。"你穿的这是什么呀？"

"这是我为舞会准备的礼服，"雨果说，"我是一只蜜蜂。"

"蜜蜂？哦，我这会儿看出来啦。我喜欢你的翅膀。"

"我是一个善良的海盗。"斯米菲说，这只冒失的老熊戴着一个眼罩、一对大大的金耳环和一顶黑色的海盗帽。"斯德维说你现在不能回来了，因为他已经把门修好了。但布鲁伊说你是个特例，于是他改变了主意。"

"布鲁伊在这儿吗？我能见到他吗？"

我能见到霍莉吗？

"他当然会来参加舞会的，"雨果说，"每个人都会来的——整个斯莫克如都要来参加这场盛大的庆典。"

"斯德维将黑蟾蜍终身驱逐出境了。"斯米菲高兴地说，"现在再没有人打架了，空气中也没有便便的臭味了。"

艾米丽隐隐约约想起了现实世界，她想知道那儿的情况，在学校的舞台上，观众们会以为她是昏过去了，还是死了？时间静止了吗？但她实在太爱这一刻了，因此根本不在乎。"我敢打赌，当你们发现你们德国房客的真实身份时，一定大吃了一惊！"

"那是自然，"雨果说，"我们一直都知道他很重要——只是没想到他那么重要！"他给了我们一项重要的任务，那就是确保他不会再睡着，因为那是他燃料耗尽的信号。"

"可布洛基走后你们怎么办？你们又不会看时间。"

"斯德维送了我们一只新的布谷鸟，"斯米菲说，"她可好啦！"

"我亲爱的艾米丽，欢迎你来参加我们的舞会！"一个芭比娃娃从周围拥挤的玩具中跳出来——一个非常优雅的芭比娃娃，一头柔顺的金发，自信满满地穿着一条华丽的鲜红色绸缎晚礼服。"难道你不认识我了吗，亲爱的？"

"漂亮修女——你看起来真是美极了！"

"谢谢你，亲爱的，正如你所看到的，我现在已经不当修女了。"

"你的伤疤呢？"

"昨晚夏茉把我脸上的涂鸦擦洗掉了，"这位曾经的修女说，"那个可怕的字眼已经完全消失了——我重获新生，甚至比以前更美了。"

"哈啰，艾米丽！"一个活泼的小家伙自信地跳到她面前说，"快看我的帽子！"

"哇，"艾米丽说，"你成为希慕-莱特女孩啦！"

监狱温迪的梦想终于实现了。她那疯癫的脸上洋溢着喜悦："是的！你能替我告诉梅姿吗？"

"当然——她一定会激动得不得了。"

绵延起伏的西卡莫草坪上满是吵吵闹闹、熙熙攘攘的玩具们。

雨果朝四面八方吹了一声口哨，直到四周都安静了下来。"好啦，你们都知道规则的——我喊'跑'，你们就跑，一直跑到我喊'停'为止。"

有那么一会儿，玩具们在地上一阵疯跑，把彼此都给绊倒了，紧接着是一片满怀期待的寂静。艾米丽作为一个人类，比任何玩具都要高，可以把整个花园看得清清楚楚——那个她曾经从玩具们的厨房窗户里看到的那个美丽的花园。

"跑！"雨果叫道。

这是一个令人叹为观止的场面——成片的玩具如地毯一般，疯狂地绕圈跑着，一大群玩具观众在为他们欢呼鼓劲儿。艾米丽正准备坐在柔软的草地上，以便能好好享受这一奇观，而就在这时，她的眼睛正好被花园另一边的什么东西吸引住了——一道明亮的蓝光。

"布鲁伊！"

就在那一瞬间，艾米丽看到了他——她姐姐心爱的熊熊，一千个搞笑故事的主人公。

"布鲁伊！"她猛地扑向他，把周围那些柔软的玩具吓得四散开来，但还没等她走近看清楚，他就挥动着蓝色的爪子，跳到一片树林里了。"等等！"

他要带我去见霍莉！

那只小熊消失在树林深处，虽然艾米丽以她最快的速度在追赶着他，但她还是追不上。

"布鲁伊！"她绝望地喘息着，"请等一下！"

树木在她周围融化了，她突然站在一条绿色的小巷子里，就像一条长长的树叶隧道——孤零零的，周围是一片深深的寂静，每一刻都变得越来越深沉，越来越平静。

该往哪儿走呢？

小巷的尽头有一扇木门。艾米丽朝它走去，她的心怦怦直跳——这一定是通往斯莫克如的入口，霍莉和布鲁伊住在那里，丹尼尔、伦尼和斯特普斯的三个孩子也住在那里。如果是在现实世界中，这个想法一定会让她感伤，让整个世界沉浸在悲伤之中。

他们在一起的时光如此短暂，却又如此美妙而甜蜜。

但是这里并没有悲伤。邪恶的黑蟾蜍被踢回了那个残酷的现实世界，去那些年轻人离世，那些爱他们的人几乎因为心碎而死的地方。但它与斯莫克如已经没有任何瓜葛了。

当她靠近大门的时候，艾米丽看到那儿有人已经在等候她了："哦，您好！"

是斯德维，也就是那个德国房客，坐在一把折叠式躺椅上，脚边的草地上放着一个野餐篮子。"你好啊，艾米丽。谁赢得比赛了？"

"每一个人。"艾米丽说，突然觉得有点害羞。这个干瘪的旧玩具充满了智慧，"谢谢你今天让我来。"

斯德维弯腰从篮子里取出一个很小的暖水瓶。"你理所应当可以再来这最后一趟的。但我不确定还能不能让你走得更远。就像你的朋友露丝发现的那样，这样做太危险了。如果你进入得太深，我就没法把你的身体带回来了。"说完他便低头试图打开他的暖水瓶，他使劲儿拧了好几分钟然后生气地咕哝道，"唉，这不中用的老爪子！你能帮帮我吗？"

她在他身旁芬芳的草地上坐下，打开了那个有意思的小暖水瓶。

"谢谢，"斯德维说，"就是一滴上好的老比金斯。"

"很高兴认识您。"艾米丽微笑地看着他那缝合的小嘴在一动一动的，她觉得怎么看都看不够，"我该叫您先生吗？"

"叫我'斯德维'就行。"

"斯德维，我可以摸摸您吗？"

"请你随意就好。"

艾米丽伸出手去摸了摸他的脑袋，满心所想的都是他是多么贴心。尽管他摸起来就像个玩具，但一股丰富的想象力让她感到手指发麻。

只管静静地坐在那儿听他喝酒时发出的咕咕声是不太礼貌的。"我在想您是怎么变得这么重要的，"她说，"您是被选举出来的吗？"

"天啊，不是的！"斯德维说，"我的经历很奇特，我很乐意把它告诉你，这样你就可以把它记在你的笔记本上了。"

"当我把笔记本扔向蟾蜍时，它就不见了。"

"你会再得到一个的。"斯德维说，"现在听好了。这是一个从未对人讲述过的故事。"他又喝了口比金斯，清了清嗓子，开口说道："1902年，我在德国诞生。30多年来，我一直幸福地生活在我亲爱的主人的橱窗里，他是个化学家。所有的小孩子都很爱我，他们经过的时候都会向我招手，还会为我编故事。但是战争来了，我主人全家都被士兵带走了。我们的商店被炸毁了，然后我发现自己躺在一堆黑暗的瓦砾下面。

"后来有一天，来了几个美国人，这一切就这样发生了。一个士兵把我从废墟中拉了出来，许多孩子看到了我——他们突然大笑起来，记起了玩耍的意义。就在那一刻，我的屁股触到了一根带电的电线并将我体内的木屑灌满了电。现在，你明白是怎么回事了吗？"

"是的。"

"你过后可能就会不记得了，"老熊继续说，"但我已经把它放进你的想象中了。当你把它写下来的时候，你会认为它是你编造的。"

"我会吗？"她根本不相信自己会忘了这段不可思议的经历。

"但那并没什么关系。故事本就是这样。"

"好吧。"艾米丽顺口答道，但她觉得自己太幸福了，根本顾不上考虑写故事的事儿了，然后放任自己沉浸在周围的寂静中，直到斯德维说："如果你愿意的话可以问我问题。"

"哦，"艾米丽说，"我本来是有很多问题，但现在……"甜美的空气让人除了幸福什么都想不出来，"嗯——您是怎么进博物馆的？"

"那是因为我的美国士兵，萨姆·特维。战后，他在伦敦住了几年，回家前慷慨地把我捐了出来。他知道我很特别。"

"你还会继续住在西卡莫吗？现在雨果和斯米菲都知道你的身份了。"

"噢，当然啦。我知道他们最终会把我的煮鸡蛋做好的！"他沧桑的脸上透出一丝笑意，"他们刚刚申请了一个非常引人注目的游乐场扩建项目。"

坐在这个令人沉醉的、阳光明媚的空间里，仿佛连时间都静止了，这样的感觉美妙极了。她的周围和内心都弥漫着布鲁伊的气息，她强烈地感觉到霍莉就在她身边。

"可是现在没时间讲我的故事了，"斯德维说，"是时候想想你自己了。"

"我？"艾米丽努力使自己清醒一点，"我现在得离开了吗？"

"在这之前我要给你看样东西。"他小心翼翼地将杯子放进郁郁葱葱的草丛里，站起身来，"跟我来。"

他领她穿过小门，来到一条宽阔奔涌的河流的绿色堤岸上。对岸树木丛生，金光闪闪。

"他来啦，"斯德维说，"正是时候。"

一个小小的蓝色身影从树林中闪现出来。

"布鲁伊！"

此情此景仿佛肥皂泡一样在空中悬了几秒。艾米丽的心中充满了喜悦。这只可爱的蓝熊完全就是原来的样子，就好像他从来没有被火化过一样。她没法和他说话，水声太大了，而对岸也太远了。

布鲁伊朝她挥挥手，艾米丽也挥手回应他。

可之后他便转身跳回到树林中了。

"布鲁伊！"她大声喊道，"请你别走！"

"他不得不走了，"斯德维说，"这就是我能带你去的最远的地方了——除非你不介意不再拥有人类的身体。"

如果是几个月前，艾米丽定会头也不回地一头扎进那条湍急的河里。可现在她不那么想了，她在现实世界中有太多的牵绊。如果她就这样逃到斯莫克如，一定会错过很多很多。

"我还能再见到布鲁伊吗？"

"你总能在想象中看见他。"斯德维说，"他从未离开过。"

"为什么我不能见到霍莉。"

"因为她本就和你在一起，就在你心灵的最深处。人固有一死，但爱不会，故事也不会。"那只老熊补充道，"我的意思是，看看莎士比奥！"

"莎士比亚。"

"不管叫什么都行。我要表达的是，虽然莎士比奥已经去世几百年了，可他的想象力一直鲜活在他的戏剧中。他死了，可他的戏剧没有。"

"哦。"

这并没让她伤心，在这个平安祥和的地方，时间仿佛是静止的，她脑海里浮现的全是霍莉和布鲁伊。

在长时间黄金般的沉默之后，艾米丽开始记起了那个物质世界。现实在用力拽着她："我很想留在这里，但我更想念那个现实世界。我想我该回去了。"

"哦，是的，"那个德国的老玩具说，"你的生命力太强了，不能待在这里。从现在起，你必须好好在现实世界里生活。"

"我能最后再问您一件事吗？"

"尽管问，"斯德维说，"只要我能答得上来。"

"我不知道该怎么说出口。"艾米丽没法找到那些与霍莉的问题相关的悲伤词汇，"一切都会好吗？"

"哦，是的。"斯德维说，"所有的一切都会好起来的。你会拥有一个非常美好的圣诞节。"

"真的吗？"

"而且下一个圣诞节将会更好。"那只古董熊喝了口比金斯，"你的宝贝弟弟将会在那时候出生。"

"我的……什么？"即使是在这样一种如梦似幻的状态下，这个消息听起来还是如同惊雷一般。

一个新的宝宝。

喜悦如此剧烈，剧烈到让人发痛。

他会需要新故事的！

"呀，"斯德维说，"我本来不应该就这样脱口而出的——他们告诉你的时候你一定要装作非常吃惊。"

"好的。"

"还有记住要好好照顾你的想象力哟！"

最后一个字消失在寂静中。

28

每个人都有奖品

艾米丽又回到了学校的舞台上，就在友谊赛那个场景的中央，斯莫克如发生的一切都变成了记忆中的一个梦。她又回到了爱丽丝的角色中，仿佛从未离开过。

演出很成功。艾米丽得到了观众席的阵阵喝彩声，当幕布最终落下时，她几乎被其他演员拥抱得粉碎。

罗宾逊女士拥抱着她说："你的表演震撼人心——就好像你真的相信里面的每一个字一样！"

教室里人声鼎沸。梅姿模仿了路易斯太太当时的样子，罗宾逊女士笑得几乎要哭了——尽管她嘴上说着："我可没看见！"

现实世界让人感觉棒极了。艾米丽急忙下楼，在学校大门周围的人群中找到了爸爸妈妈和露丝。大家都在说"做得好""太棒了"，直到她脸都笑酸了。

"明星来啦。"爸爸给了她一个标志性的超级拥抱，她的脚都飞了起来。"干得漂亮，老戏骨！"

妈妈拥抱着她说："哦，你简直是太棒啦！"

"好得惊人！"露丝紧紧地拥抱了她一下。她被一层又一层的开襟羊毛衫和围巾包裹着，这让她看起来像一个装在针织茶壶套里的茶壶。"你有空一定要到店里来，把这一切都告诉我。"她意味深长地看了艾米丽一眼，"每个细节都要讲。"

露丝和他们一起到餐吧吃晚饭。尼尔和曼迪为他们保留了暖气室里最好的一张桌子，那里的窗户看上去充满了节日气氛，窗框上绑着彩灯。

"我忍不住要吃豆子砂锅了。"爸爸说，"准备好迎接放屁警报吧。"

他们听到后都哈哈大笑起来。有那么一小会儿，艾米丽感觉霍莉也加入了他们。

"我要一份蔬菜沙拉就够了，"露丝说，"我在节食，这次我可是认真的。终于，我有生以来第一次吃够巧克力了。"

他们到家时已经很晚了。艾米丽知道爸妈会让她直接上床睡觉，但她不愿在不告诉露丝发生了什么事的情况下结束这不可思议的一天。

"哦，艾米丽，"露丝在迈出车门的时候说道，"你有东西落在店里了——想进来拿吗？"

妈妈打了个哈欠说："我敢肯定晚点拿也没什么关系。"

"我觉得还是现在拿比较好，"艾米丽连忙说道，"一会儿见！"

她顾不上母亲睡意朦胧的嘟囔，跟着露丝到了隔壁。

"谢谢，"露丝说，"我有东西要给你看。"她打开了商店的顶灯。

"我有件事要告诉你。你不会相信的，我到斯莫克如了，还见到了斯德维——就在演出的过程当中！"

"他说了些什么？"

"嗯……"艾米丽想记起老熊说过的话，以及她为什么认为这件事如此重要，"他说……一切都会好起来的。"

露丝微笑着点点头："赞美他那些笨笨的老填充物！我今天也有一个小冒险。我到地下室去找菲金达说她留在我文件柜里的礼物。在我搬了一吨垃圾，翻看了一千张旧煤气费帐单后，我找到了它。"

她把一张大纸挪到桌子上灯光环绕的地方。这是一幅孩子画的游乐场图。有一个高高的滑梯、一个旋转木马、一排秋千和一个攀爬架。

"这团蓝色是一个游泳池，"露丝轻声说，"黄色的方块是一个沙坑。"

在画纸的中央，画着一只熊熊和一只企鹅。

"他那时才七岁，"露丝说，"外面下着雨，所以我们就在家里待着，互相讲述着雨果和斯米菲的傻故事。他画了这幅画。他说它的名字叫'雨果和斯米菲的完美地带'。我还以为几年前就弄丢了呢。"

"太可爱啦。"艾米丽把手放到露丝的手上说。

"只要想到丹尼尔生活在属于他自己的那个完美地带，"露丝说，"我就会很高兴的！"

"我也是这么想的。斯德维确实说过一切都会好起来的。"

露丝笑了："我会尽我最大的努力去相信他，我希望有什么办法能感谢菲金达·法拉维送给我的礼物。我很高兴魔法回到了对的地方。遇到雨果和斯米菲真的让我开心极了，现在他们不会再让我哭泣了，我也不用再把他们放进箱子里了。快乐的回忆不会带来伤痛。"

她扬手指着摆放诺迪的那个架子，那儿现在有三个旧玩具了，每个玩具的脖子上都挂着"非卖品"的牌子。

"艾米丽，你在哪儿？"爸爸在后门叫道，"都快十二点了。"

"来啦！"艾米丽喊道——她决定先不告诉露丝关于新宝宝的事了。

爸爸整个晚上都在傻乐。他突然跳到露丝的厨房里喊道："啵咯嘀哩哦啵……啵！"而最后一个"啵"是一个响亮的屁。自从霍莉死后，他就再也没有表演过这个著名的派对戏法了。

艾米丽放声大笑起来，突然间就毫无理由地开心了起来。他们都大笑着，还有那个极其微弱的回音。

很远，

很远，

很远的地方，

（但其实一点也不远），

就在斯莫克如。

后　记

只需寥寥几句就能定格一段记忆……

故事的灵感来源于许多不同的地方。《艾米丽和魔幻之境》的第一个火花可以追溯到1929年现实生活中的一个晚上，成年的兄弟俩在他们老家的花园里埋了一个盒子。他们的父亲刚刚去世，房子就要被卖掉了，盒子里装着他们儿时的旧玩具。兄弟俩一直很担心他们的玩具，他们不想留着它们，怕他们的孩子与它们玩耍，但他们又不愿把它们像垃圾一样扔掉。而体面的葬礼是唯一的解决办法。

弟弟克莱夫·斯特普斯·路易斯，后来以《纳尼亚传奇》系列小说而闻名于世。我借用了他的中间名来称呼我文中的虚构作家约翰·斯特普斯。儿时的路易斯兄弟经常会互相细致地讲述一个叫做"博克森"的神奇国度的故事——与"斯莫克如"完全不

254

同，但想象的力度是一致的。即使成年以后，路易斯兄弟还是会非常认真地对待他们的玩具。

玩具在我们家的地位非常重要。监狱温迪的原型是一只可怕的布娃娃，名叫"约瑟芬包"，是我最小的妹妹夏洛特的。温迪还在那儿，但已经成了一团脏兮兮的破布了。她的脸上只剩下邪恶的表情，因此不适合公开展示。我亲爱的年迈的父母已经去世多年，但此时此刻，他们的玩具正坐在离我几英尺远的地方，高兴地在碗柜顶上接着灰尘——包括我母亲的那只古老的熊熊，它看起来非常像诺迪。我的老熊也在那儿（也差不多就那样了，剩下的都满是些飞蛾蛀虫的斑驳痕迹）。然而，最珍贵的要数"卷毛"和"朋伊"——这只熊和企鹅属于我亲爱的儿子菲利克斯。

菲利克斯在2012年去世了，他那时才十九岁，虽然早已过了玩毛绒玩具的年龄，但他从没忘记他小时候是多么喜爱这两个玩具。他们跟随他到处旅行，在他难过的时候，他们蠢笨的冒险故事总能使他精神振奋。有一段时间（那是我生命中最快乐的时光），我每天晚上都得给他讲一个关于他们的新故事，就像《一千零一夜》的搞笑版一样。而他们，自然而然，就是斯米菲和雨果的原型。

*

"他们在一起的时光如此短暂，却又如此美妙而甜蜜。"出自埃德蒙·沃勒（Edmund Waller，1606—1687）的一首优美的诗歌《哦，可爱的玫瑰》。

致　谢

　　以下这些才华横溢的人们在我写这本书时曾给予我莫大的帮助：

　　爱丽丝·斯旺、卡拉多克·金，汉娜·洛夫、阿曼达·克雷格、马库斯·伯克曼、理查德·波因特、比尔·桑德斯、路易莎·桑德斯、埃尔莎·维拉米、克劳迪娅·维拉米、埃塔·桑德斯、艾德·桑德斯和夏洛特·桑德斯。

　　感谢你们所贡献出的想象力。